alma-de-gato

Flávio Moreira da Costa

ALMA-DE-GATO

A VIDA INVISÍVEL E AS OBRAS INCOMPLETAS
DE JOÃO DO SILÊNCIO, E SEUS ARREDORES

ROMANCE

Copyright © Flávio Moreira da Costa
Todos os direitos reservados e protegidos pela Lei 9.610 de 19.02.1988.

Capa
Christiano Menezes

Imagem de capa
Miguel Egaña

Revisão
Maryanne B. Linz

Diagramação
Trio Studio

Produção editorial
Lucas Bandeira de Melo

CIP-BRASIL. CATALOGAÇÃO-NA-FONTE. SINDICATO NACIONAL DOS EDITORES DE LIVROS, RJ.
C87a
Costa, Flávio Moreira da, 1942-
 Alma-de-gato: a vida invisível e as obras incompletas de João do Silêncio, e seus arredores: romance
 / Flávio Moreira da Costa. - Rio de Janeiro: Agir, 2008.
 ISBN 978-85-220-0836-0
 1. Romance brasileiro. I. Título.

08-4978.   cdd 869.93
                                        cdu 821.134.3(81)-3

Todos os direitos reservados à
AGIR EDITORA LTDA
Rua Nova Jerusalém, 345 CEP 21042-230 Bonsucesso Rio de Janeiro RJ
tel.: (21) 3882-8200 fax: (21) 3882-8212/8313

Trilogia de Aldara

1.
O país dos ponteiros desencontrados

2.
Livramento /
A poesia escondida de João do Silêncio

3.
Alma-de-gato /
A vida invisível de João do Silêncio e seus arredores

"Ele pula pelas ramagens das árvores como um esquilo ou caxinguelê, por isso chama-se *squirrel cuckoo*, em inglês. Da espécie *Playa cayana (Linnaeus, 1766)*, é ave de múltiplos nomes, como rabo-de-palha ou alma-de-gato. Ou: alma-de-caboclo, alma-perdida, atibaçu, atingaçu, atingaú, atinguaçu, atiuaçu, chincoã, crocoió, maria-caraíba, meia-pataca, oraca, pataca, pato-pataca, piá, rabilonga, rabo-de-escrivão, tincoã, tinguaçu, titicuã, uirapagé e urraca. Nomes demais para um pássaro de, quanto muito, 60cm, de um colorido avermelhado, bico amarelo e cauda longa. Solitário, às vezes anda aos pares, raramente em grupo. Marca seu território com sonoros pios. Dissimulado, costuma imitar outras aves, como o bem-te-vi. Por isso, popularmente, é conhecido também como Gozador."

João do Silêncio, *Tratado geral das paixões*

"As personagens de ficção têm medo das pessoas da vida"
Charles Danzing

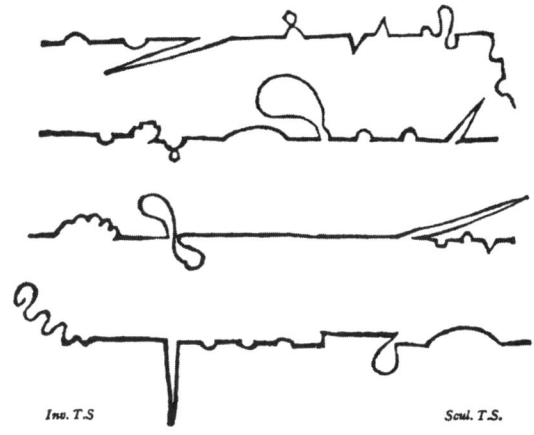

Laurence Sterne,
The Life and Opinions of Tristram Shandy, Gentleman

"As frases feitas não tinham, para ele, nenhuma utilidade, porque as coisas que queria dizer eram construídas de uma maneira fora do comum — e ele sabia, além do mais, que não se pode dizer que nenhuma idéia real exista sem que seja exposta por meio de palavras feitas sob medida. Sendo assim (para empregar um símile mais aproximado) a idéia que aparecia apenas nua, não estava senão a rogar que as roupagens que usava se tornassem visíveis, ao passo que as palavras que espreitavam de longe não eram apenas invólucros vazios, conforme pareciam, mas apenas aguardavam que o pensamento que já ocultavam as animasse e as pusesse em movimento."

Vladimir Nabokov, *A verdadeira vida de Sebastian Knight*

Sumário

PRIMEIRA PARTE ... 19

Livro I
Borboletas em chamas (1) ... 21

Livro II
Kiriri ... 43
1. Memórias de Aldara ... 47
2. "Aaaaaaaaaah!" ... 51
3. O vento ... 55
4. Didática da vida ... 57
5. A travessia da floresta ... 63
6. Intervalos unidos ... 67
7. Pernas, pra que te quero? ... 69
8. Tudo lenda ... 73

Livro III
"Chove dentro da minha paisagem" ... 75

Livro IV
A invenção da infância ... 89
1. A porta ... 91
2. Era uma vez, sim, ... 95
3. Provérbio tupi ... 97
4. Como uma flecha ... 99
5. Os dias e as noites ... 103
6. "Não sou literatura" ... 105
7. Uma história de onça e veado ... 107
8. "A memória me lembrou" ... 109
9. A segunda boca ... 111
10. Chega ... 113

Livro V
Diário de um escritor invisível (1) ... 115

Livro VI
O pássaro de ouro (1) ... 129

Livro VII/Intermezzo
O último caos do mundo ... 151

Livro VIII
O pássaro de ouro (2) ... 165

Livro IX
Diário de um escritor invisível (2) ... 193

Livro X
Pequeno tratado das paixões ... 209

Poesia alada ... 215

Felicidade ... 217

Versos soltos no ar ... 219

Faca ... 221

Porco ... 223

Gato ... 225

Sonho ... 227

Guerrilha ... 229

Jantar ... 231

Olho ... 233

Segunda parte ... 235

Livro XI
"Minha alma é uma alma-de-gato" ... 237

Livro XII
Equilibristas e contorcionistas ... 249

1. Por que é tão rebelde o passado? ... 251

2. Uma vela para Manduka González ... 253

3. Conjunto de estilos aleatórios ... 257

4. *Digressão sobre digressão* ... 259
5. *Capítulo de passagem* ... 261
6. *Capítulo seguinte:* ... 263
7. *Uma carta para Milena* ... 265
8. *Manifesto pessoal e intransferível* ... 269
9. *Capítulo final e tranqüilo* ... 271

Livro XIII
Diário de bordo da cabeça de João do Silêncio ... 273

Livro XIV
Picadinho à brasileira ... 291
1. *Receita* ... 293
2. *Vôo* ... 295
3. *Mário Livramento escreve* ... 297
4. *Intromissão (bem-vinda) de Michaux* ... 301
5. *O nome do nome* ... 303
6. *"Pequena introdução aos narizes em geral"* ... 305
7. *"O primeiro capítulo"* ... 309
8. *"Livro negro"* ... 313

Livro XV
Borboletas em chamas (2) ... 315

Depois do livro ... 341
A. *Texto de montagem* ... 343
B. *Personagens e autores em cena* ... 347
C. *Obras & pseudônimos* ... 349
D. *Questionário Proust* ... 351
E. *Registro* ... 355

Era uma vez, era — mas era mesmo? pois que a hera e a bruma do tempo não me deixam ver direito o que eu vivi a vida toda, com seus subúrbios de sensibilidades e de emoções, minhas e alheias, escondido nos arredores de mim mesmo.

Perdido e resgatado, hoje quando preciso voltar a mim e
tecer um relato,
resolver um problema,
bater um papo,
não me encontro:
eu me escapo.

Era, não era, não sei:
que confiança pode despertar um narrador ou personagem que começa dizendo "não sei"?
Sim, começo com dúvida.
Não, começo com dívida.
Se aquele poeta inglês, dito o Bardo, conseguiu colocar a biografia de todo mundo dentro de um solilóquio/monólogo do príncipe da Dinamarca, por que eu, que não sou príncipe de lugar algum, nem de Aldara, meu reino, por que não poderei eu, João do Silêncio, o último e ignoto cultor do verbo primal e que, só, sozinho, não passo de um código, um código mínimo, um código cósmico, o código do silêncio, por que não poderei eu esboçá-lo ou espalhá-lo em dezenas, centenas, milhares de páginas?
Que, ora, são, serão as que seguem apenas considerações de um
Cavaleiro de Triste Figura,
Poeta da Inconstância Burguesa,
Invisível Escritor do Nada,
Palhaço das Perdidas Ilusões e

PRIMEIRA PARTE

LIVRO I

BORBOLETA EM CHAMAS
(1)

12 de julho de 1986 (sábado)

Almocei bem (só tenho almoçado) e já passa das quatro da tarde. Hesito em fazer alguma coisa. Parece que só me resta ler e escrever, que é só o que eu sei. Cotidiano tecido de palavras e frases. A vida grafada, escrita e lida. Ação de vogais e consoantes, nomes e verbos. Signos, sinais, representações. Realidade de segunda mão, indireta — realidade através e com as palavras.

Palavras que nada significam e que tudo significam. Que são leves — levadas pelo ar — e que pesam — deixam marcas em nós e nas páginas. Palavras, palavras, palavras — intoxicado delas. De onde elas surgem, assim, sem cessar, contínuas e insistentes? Li num livro chamado *O Desastronauta* que o autor ou narrador tinha uma caixa de palavras dentro do peito. Talvez devesse dizer, dentro da cabeça. Uma caixa. Caixa de palavras expostas e escondidas e conhecidas e desconhecidas e belas e feias e significativas e insignificativas ou insignificantes e úteis e inúteis. De todo tipo, cor, tom, gosto, forma e aparência. Palavras que não cabem em nenhum dicionário, em nenhuma cabeça, em nenhuma boca. Com e sem significados mas também com e sem nuances, semitons, entretons, cores e arestas. Palavras que constróem, palavras que destróem, palavras que consolam, palavras que exprimem e comunicam, que escondem e fogem. Palavras vazias como a escuridão da noite, e que nos cercam, nos assediam, nos expandem e nos limitam. Ao Sul, palavras; ao Norte, palavras; a Leste, palavras; a Oeste, palavras. Palavras nos quatro pontos cardeais — ou nos cinco, se eles fossem cinco. As distâncias e as direções condicionadas, exprimidas por elas, palavras. Eu queria escrever sem palavras, sem sinais nem frases. Resultaria em canções, músicas? Em uma linguagem que fosse só silêncio? Não haveria página, portanto não haveria página(s) em branco. Apenas sons. Como os pássaros, os golfinhos, gatos e cães. Uma vida sem gramática nem ortografia e de comunicação instantânea. Foi inventada. Inscrita, não escrita.

O homem que criou a linguagem queria fugir da solidão — e linguagem virou cumplicidade, afeto, entendimento; atingiu desavenças, desentendimentos. Foi quando o diálogo nasceu, embora tenha de renascer todos os dias para não morrer de vez. Uso palavras para falar de palavras, e as palavras não bastam. Me servem, são úteis e... inúteis; palavras são insuficientes. Fica sempre faltando alguma coisa — e é essa falta, essa ausência que sempre tentamos preencher, em vão. Por mais que nos aproximemos dela — da falta, da ausência — mais ela se resguardará, longe de nós. Um buraco sem fundo, espaço sem fim, ar interminável, lonjuras impensáveis. Apenas tentamos resgatar as palavras perdidas — e haverá sempre outras palavras perdidas, outras, outras palavras. Tentamos pensar e cada um encontra uma resposta para isso: limitação do homem, infinito, Deus. Deus também é palavra — "No princípio era o Verbo" — e palavra simples mesmo quando não cremos em sua divindade. Palavra aflita, palavra vazia, palavra de honra, palavra de peso, palavra de ouro, palavra de homem — *a* palavra do homem. Rica e escassa. Palavras tantas para dizer tantas coisas, tão poucas. As palavras soltas e livres nos lábios das pessoas e as palavras fixas (e livres) dentro das páginas dos livros. À espera da percepção ou da revelação. Há alguma coisa de sagrado nas palavras e o homem é seu funcionário público; o escritor, um grande aventureiro ou viajante sacrílego que tenta soltá-las, dessacralizá-las. Uma idéia matemática — infinito — e uma idéia religiosa — Deus — que se intersubstituem e se equivalem, embora tão diferentes. O escritor não procura o milagre, mas, sim, a revelação de alguma coisa que se pode chamar de verdade, pois existe verdade até mesmo na mentira: que ela poucas vezes mostra seu rosto — suas várias e diferentes faces. Procurar a verdade não é trilhar o caminho de Deus? Sim, mas para os que nele acreditam. Existe a verdade sem Deus. Uma verdade sem face, sem rosto aparente, verdade embutida, escondida no homem e na vida. E me contradigo, mas o que fazer se falo em verdade contraditória? Não é uma definição ou uma linha reta. A verdade são várias e oblíquas. Filósofo amador, penso e penso que penso sobre elas. E no entanto elas me escapam e escapam de mim, fogem para longe ou simplesmente permanecem nos lugares ou não-lugares onde sempre estiveram desde antes, muito antes, de Babel e Babilônia, antes dos gregos antigos, a verdade-pássaro. O jogo dos gregos é o "do mentiroso que mente quando diz 'minto', o que é, portanto, verdadeiro". (P. Veyne, *Acreditavam os gregos em seus Mitos?*) E "o valor da verdade é inútil, tem sempre um duplo emprego: a verdade é o nome que nós damos às nossas opções, das quais não desistimos; se o fizéssemos, declararíamos decididamente que são falsas (...)"

Se eu chegar a concluir o livro sobre João do Silêncio (adormecido em algum lugar, já com centenas de laudas, há uns doze anos) poderia usar este trecho como epígrafe:

"A história é também um romance, com fatos e nomes próprios, e vimos que se considera como verdadeiro tudo o que se lê enquanto se lê; só será considerado ficção depois, e ainda é necessário que se pertença a uma sociedade na qual a idéia de ficção exista."

E fui catar citações e perdi o fio do pensamento.

Comecei falando da palavra e desemboquei na verdade, que, parece, não é "verdade" nenhuma mas sim ideologia. E palavra. Se falo na "minha verdade" claro que está implícito, ou como pano de fundo, a minha ideologia. Mas como escrevo um diário e não estou — nunca fui, nem pretendo — querendo ser um pensador ou alguém que raciocine em termos de "ciência", deixai que eu seja não-científico (e, mesmo sem querer, ideológico) até o fim, deixai que eu, teimosamente, quixotescamente e talvez ridiculamente, "procure a verdade". Podem deixar, que, no fundo, sei muito bem que não irei encontrá-la.

Os filósofos podem dormir em paz: não desvendarei um de seus principais objetivos ou instrumentos de trabalho.

Vamos deixar a verdade em paz.
Enquanto isso.
Acontece que.
Aí então.
Sensação de.
Começa a anoitecer. São seis horas e pouco e já está escuro.
O tempo passa.
Sempre ele, cavalheiro invisível e irredutível e misterioso e constante, e o resto, o que mais seja.
Já disse que.
Bem, pelo menos, pensei. Pensei: chega de filosofia. Pensei para parar de pensar.
Mas então.
E daí que. Meu estilo é ga-ga-gago. Cheio de.
Paradas e interrupções.
Enquanto. Todavia ou porém?
Ao mesmo tempo em que penso que penso.
São seis horas de um anoitecer de inverno tropical e não me cabe nenhuma responsabilidade a este respeito.
É o que.
Sem isto ou.
O negro do ar já pintou a noite que começa a passos suaves de pantera negra. Não, não é minha culpa, já tenho culpas demais. *Tender is the Night*. Terna é a noite? Nem sempre. A noite é. A travessia da noite rouba um pouco de nossas vidas, dormindo ou acordado. A noite do.
A noite dos aflitos.
A noite será tua herança.
A noite dos suicidas.
Cada noite para cada um deles.
A Noite do Meu Bem.
Misturar "filosofia" com samba-canção. Dolores Duran: "Hoje, eu quero a noite mais linda que houver" — e não me lembro mais.

"Quero a tristeza de um barco voltando, quero a alegria de mãos se abanando, para enfeitar a noite do meu bem."

A noite dos enamorados e dos boêmios e dos desesperados e dos solitários e dos assaltantes e dos pensadores e dos vigias de bancos e edifícios.

Uma noite só, coletiva?

E assim inauguramos a noite de um sábado meio frio de julho de 1986.

Uma noite que deverá ficar na história porque devidamente registrada neste diário. Uma noite qualquer. Mais uma. Depois de registrá-la só me cabe aguardar que ela aconteça, avance até de madrugada.

Vamos, noite.

Enquanto isso eu estou vivo. E tem o cotidiano.

Franzkafka ligou. Quer emprestado o apartamento onde tenho meu "escritório" temporário. Não podia dizer que não.

Vou interromper para ir até Ipanema levar a chave pra mulher do Franzkafka, Aninha. Vou de táxi e volto. Tenho trabalho (como sempre) para esta noite. Ando sacrificando demais meu tempo de lazer, prejudicando também a Alice. Se estivesse mais desligado, me sentindo mais disponível, poderíamos ter ido a um cinema ou teatro. Ou ouvir os blues de B. B. King, que ele se apresenta hoje na cidade. No meu comodismo ou imobilismo não tomei providências para assisti-lo, alegando pra mim mesmo que o local é longe e não tenho carro. Assim, mesmo gostando de blues e de B. B. King, perco a oportunidade de vê-lo e ouvi-lo.

(E nem a eletrola toca aqui em casa. Está com agulha estragada há semanas. Digo para mim mesmo que a música me faz falta, mas a verdade é que vivo perfeitamente sem ela. Quando acordo, ligo o rádio. É como se a música funcionasse para mim como pano de fundo. Gosto de escrever com o rádio ligado, mas o rádio da minha escrivaninha pifou há meses e eu não tomo essas pequenas iniciativas como mandá-lo consertar. Está aqui na minha frente, imóvel e mudo. Inútil.

Um rádio que não emite som algum ainda é um rádio? Grande problema.

Será que a Metafísica já pensou nisso?)

Vou sair.

Depois volto.

Voltei.

Jogo rápido. Ação de ir e vir, liberdade de se locomover, mais por desatenção do que por vontade. Clima tenso — eu, tenso, na rua, no frio. No sábado à noite a população nas ruas é outra. Não estão voltando para casa, cansados do trabalho. Saíram para se divertir — "to have fun", como dizem os americanos. Até as roupas são diferentes. Tanto tentam se divertir que acabam se divertindo, estes cidadãos e cidadãs, jovens e moças de sábado à noite. Como no poema de Vinicius: "Porque hoje é sábado". E assim por diante. Quase uma instituição americana; divertir-se é uma obrigação. "Did you have fun?" — é quase um cacoete. E eu passo o sábado como um dia comum. "Why don't you have fun?"

Estou dividindo mal meus dias, meu tempo. Ou será que não? Fazendo praticamente o que quero e gosto (Gosto? Necessidade.) sobra pouco tempo para as chamadas obrigações que também, bem ou mal, preciso cumprir. Pouco tempo para Alice e os outros(as). Sei que não sou má pessoa, mas estou longe do ideal (de amigo e amante) o que quer que isso signifique. Um leve sentimento de culpa por não ter feito um programa fora com Alice. Afinal, nem sempre (comigo) ela está no País das Maravilhas: ela entende, não reclama, mas gostaria de ter saído. Não me disse, eu intuí (verbo feio).

* * * * * *

Pego *O Ciúme*, de Robbe-Grillet, e me pergunto o que faz um romancista escrever seus romances? E esse, por exemplo, o que o motiva, qual a mola que acionou para executar uma narrativa como esta (já passei da metade do livro) tão fria, descritiva, distante, "objetiva", racional? Sem psicologia, os personagens quase que só nomeados, e a descrição e os detalhes do mundo de fora, uma mão a alguns centímetros da carta que escreve, uma janela e a distância de outra janela, a disposição das cadeiras na varanda, a mesa e os pratos de sopa e a mulher que praticamente não se mexe para tomá-la, as bananeiras que se vêem ao longe, quantas são e a que distâncias ficam umas das outras, um personagem que mexe a cabeça, observa seus cabelos e diz uma frase banal. Coisas, fenômenos, sombras, medidas e leves movimentos, um romance do olhar. Mas olhar o quê? Uma senhora burguesa (que não aparece; não tem vida) dentro de sua casa e sua casa em meio à paisagem. Quase nada. Nota-se a intenção do romancista — em relação aos romances anteriores a ele — mas não se percebe, eu pelo menos não o percebo claramente, aonde ele pretende chegar e por quê! Está bem, não escreverei um romance como Proust ou Gide, muito menos como Dostoievski (parece dizer o autor), mas não sei ainda que romance escrever. Escrevo um romance que não existia antes para que eu possa lê-lo. O leitor sou eu e se por acaso me chateio lendo o romance, não me chateei ao escrevê-lo. A linguagem é a linguagem das coisas. Que importância tem uma lacraia na parede? Nenhuma, mas vamos criá-la e descrevê-la, até ser amassada pelo personagem com um guardanapo na mão. A aventura está no que parece não ser importante; a ação — lenta, mas ação — só acontece atrás das aparências de imobilismo e quietude. Não é um romance vazio embora possa ser um romance sobre o vazio. Por que escrevê-lo e por que lê-lo? Porque de alguma forma e por alguma razão, uma coisa e outra necessitam existir. Leio o livro com curiosidade, a falta de ação não chega a me incomodar porque desde o início me fixei na linguagem — e ela me carrega. Curioso romance que não gostaria de escrever, mas que aprecio ler. É como se ele me dissesse: pode-se escrever sobre qualquer coisa, não perca tempo com enredo, personagens, história. Até o nada se escreve. Intitule o livro de *O Ciúme*, embora o ciúme não apareça. Poderia se chamar *O Olhar* ou *A Sensação*. Observe sua escrivaninha nos mínimos detalhes — não deixe de fora nem os grãos de poeira — e descreva-a, ela poderá, quem sabe, resultar num romance ou pelo menos num bom número de páginas. Minúcias e detalhes e coisas que envolvem o homem, e não o homem (ou ele só em segundo plano) — eis a narrativa. O romance não é mais um gênero humanista? Não sou eu que o digo — mas sempre foi, não é mesmo? Dizem que o humanismo morreu — e é possível — mas o homem sobrevive. O homem pós-moderno, rodeado e acionado de e por coisas que ontem não eram importantes.

Fragmentar do antigo, fragmentar do moderno, fragmentar do futuro — e vamos construir o mosaico, painel. (Já não falo mais do livro de RG? Falo de *Alma-de-Gato*?) Acordar o homem que está nascendo, colar suas várias partes e arestas e desenhar-lhe um perfil. O esquizofrênico é o revolucionário do futuro? (Guattari e Deleuze, em *Anti-Édipo*.) Como fazer esta revolução e que revolução é esta? Escrevendo um romance, revolução pessoal? Ou tudo não passa de energia acumulada e solta (jorrada no papel) sem importância externa? Ilusão? Um romance é ilusão? Escreve-se a si mesmo num primeiro impulso, só depois entramos nós a tentar tirá-lo para fora e ordená-lo? Germina, brota e cresce dentro da gente ao longo dos anos, muitas vezes sem que o percebamos — e só é escrito numa fase final. Pode nascer de uma intenção ou de uma necessidade, nunca de um objetivo. Não estou (ou estou?) criando regras; é o que eu acho (quando acho); é como acontece comigo (quando acontece). O romance nasce às vezes de uma frase, uma frase que apareceu e a deixamos de lado, mas ela continua no inconsciente, faz o seu trabalho silencioso e invisível e de repente aparece de novo e não é mais só uma frase, mas uma sucessão de frases. É uma frase-rastilho, aquela primeira. Como os frutos, tem tempo de amadurecer, mas pode chegar a qualquer momento. Não pede licença, não bate à porta. Falo sobre o romance, mas na realidade não sei o que seja, por que existe. Claro, há as regras, a carpintaria, que é só aprendizado: ler e ler. Se eu soubesse realmente qual o segredo do romance talvez eu não o escrevesse. É possível que eu o escreva para me surpreender, ou o que seja — para lê-lo. Depois tudo recomeça, pois cada romance é uma coisa à parte, diferente do outro. Um romance são muitas vidas, ou representações de vidas — não cópia ou retrato. Por isso quando abrimos um romance, vamos começar a lê-lo, temos a impressão de que um mundo vai se revelar a nós. É uma maneira de adquirirmos outras vivências que não a nossa; são outras vidas que se acrescentam a nós. Só, única e linear, a já (des)conhecida vida. Astro com luz própria, o romance sempre reflete e acrescenta: existe, independente de nós. Mas não é que pareço fazer a defesa do romance e não digo nada de original? Paciência — e por que teria eu obrigação de ser original sempre? Ou de "defender" o romance? Falo sobre o romance porque gosto, é meu meio de expressão — e apenas anoto idéias que vão me surgindo ao correr da pena, como se dizia na época de José de Alencar. Pensamento instantâneo, como café instantâneo. Para se usar e jogar fora. Mais tarde, quando reler, talvez ache tudo isso irrelevante e risque, corte fora.

    Não tenho compromisso com nada, nem ninguém — nem com este diário. Por enquanto estou tendo a liberdade e a vontade de escrevê-lo — e é bom que ele só exista enquanto isso durar. É um diário sem maquiagem. Não sou Ariel nem os irmãos Goncourt (que nunca li), nem Gide (vou ler seus diários), nem Kafka ou Gombrowicz (já li). Minha colcha de retalhos instantânea, ao correr da pena, se é que vale a pena — mesmo com trocadilho fácil. Difícil é a vida. Um diário que não reflete nada porque não é espelho. Ou será que reflete? É a cara do dono, como se diz ou dizia. Inquieto e confuso, pulando de um assunto para outro. Às vezes, inteligente, às vezes burro e chato. Ninguém é inteligente vinte e quatro horas por dia. Ser burro uma vez ou outra faz parte do ser humano. Alivia. Sei da minha inteligência — e das minhas limitações. Autodidata (ainda bem!), minha cultura é cheia de buracos, faltas, precipícios. Há a sensibilidade e o instinto, além de certo rigor lógico. A lidar com a sensibilidade me vejo todo dia — e com a razão. Os dois pólos. Mas o instinto, a intuição (que sei que tenho embora bloqueada), é pouco acionada, faço pouco uso dele ou dela, infelizmente. Minha inteligência é de um tipo específico (sim, meu Q. I. é alto, mas não creio que isto signifique muita coisa) e mais para uso interno. Para uso externo — em reuniões ou discussões públicas — ela se recolhe, não aparece muito. Sou bom polemista por escrito, péssimo ao vivo.

Talvez minha história pessoal e minha personalidade tenham pesado mais nesta disfunção (falo em adolescência, não em juventude) que eu tive na vida. A dificuldade de entrar no "mundo dos adultos" — meus livros anteriores, não importa se editados ou não, são em grande parte sobre isto. Até hoje me surpreendo quando um jovem me chama de "senhor". No fundo ainda me considero jovem e tento viver como tal, apesar do meu aspecto (mais minha cara, "séria"). O rigor da juventude é saudável, ao contrário das incertitudes e do estado pastoso e da passagem da adolescência. Fui adolescente até depois dos 30, por isso que agora, na meia-idade, cheguei à juventude. Mas serei realmente jovem ou esta é uma visão que tenho de mim mesmo? A rigor, o novo e o velho convivem em mim. Já consigo captar certos sinais da idade "avançada": hábitos que se fortalecem, certa impaciência com os de pouca idade; fico mais em casa, saio menos; responsabilidades que crescem e eu as vou aceitando mais do que antes. Não sei. Como será minha velhice? Talvez, quase certo, problemática como foi minha juventude e está sendo minha "maturidade". Ou poderei dizer, como Camões, "Eu estou em paz com a minha guerra"? Mas engraçado é que não me vejo velho. De qualquer forma estarei sempre com um livro na mão, e escrevendo com a outra.

Paro um pouco para descansar e penso que estou falando demais de mim mesmo, nesta cantilena bio-narcísica, e sinto o eterno impulso de pedir desculpas a uma segunda ou terceira pessoa inexistente. Desculpa, por ser meu próprio assunto. Desculpa, por me levar tão a sério. Desculpa por escrever este diário. Baixou a velha conhecida autocrítica. Ora, deixa que eu mesmo me desculpe, que não preciso de desculpa nenhuma: este diário é escrito por mim e não pelo vizinho do apartamento ao lado. E até que tenho diversificado os assuntos.

Não estou disposto a falar da salvação ou da condenação do mundo — nem, mais humilde, do país ou do meu bairro. De política, bastam os jornais que leio cada vez menos (ontem morreram dois bóia-frias no interior, de tiros da polícia). Já que falei em política: o Presidente foi ao Vaticano pedir a bênção do Papa para a Reforma Agrária que diz que quer e não consegue fazer. Atritos com a Igreja Progressista — daí ele passa por cima do clero local e vai ao Papa. Mesmo com o Papa (ou por isso mesmo), não acredito que a Reforma Agrária aconteça só por decreto e pacificamente.

E porque estou falando em reforma agrária e de padres a esta hora da noite de um sábado de inverno em Aldara é coisa que eu não sei. Um assunto puxa o outro. Vai haver eleições e constituinte, mas chega de política. Faz de conta que eu sou alienado, um pequeno-burguês que viaja em torno do seu umbigo. Estas palavras classificatórias, bem, já usei-as muito no passado. Não me pesam.

Hoje escrevi demais. Desconfio que vou parar por aqui, nesta linha e com este ponto final.

* * * * * *

"Estava subindo a ladeira, devagar como sempre, quando avistei na calçada alguma coisa branca movimentando-se nos matos que brotam das fissuras da calçada. A coisa se mexia como que arrastada por um batalhão de formigas. Era pequena, maior que uma cusparada. Toda branca; como gosto de ver as formigas trabalhando, arrastando mariposas, parei para olhar. Mas não era nada disto, não. As formigas iam ao longe, por um caminho mais

distante e indiferentes ao esforço da mariposa branca. Que não era uma mariposa. Era uma metamorfose. Uma crisálida estava se transformando. Era uma coisa ainda não definida. Metade evoluía para umas formas semelhantes às de uma borboleta e a outra metade vivia o destino dilacerado duma larva. Dilacerado, mesmo. Porque a parte larva-crisálida estava explodindo como tanques de gasolina e uma cor amarelada, vulcânica, saía desta explosão. A parte ainda larva colava-se ao chão, era uma penitência, um castigo, enquanto a outra parte já era borboleta, tinha o medo da borboleta, embora ainda fosse descolorida e suas semi-asas (as asas não tinham se transformada de todo; metade vivia no fogo, aquela gosma amarelada, vulcânica), então as suas semi-asas já se cobriam de escamas mais escurecidas que sustentariam mais tarde o azul mais azul, o amarelo mais amarelo, do vôo das borboletas mais borboletas. Ela se arrastava sozinha com esforço e temor, sua parte de larva que devia doer e fazê-la sofrer, porque afinal ser uma borboleta é uma explosão. Um monge se transforma com o fogo, vira cinzas etc. A crisálida explode. E voa. Eu a vi no momento exato da transformação. A borboleta estava muito confusa, não sabia que ia ficar bonita, não sabia de nada da vida. Andava por todos os lados e não encontrava um único caminho que fosse o dela. Espantada, dividida e triste. Eu não sei se ela vai se transformar mesmo em borboleta ou se vai morrer assim, de puro sufoco, sem saber o que é. Quem é. Uns garotos queriam tocar fogo nela, dissolvê-la como a um monge, como se ela não estivesse já em chamas. Esse foi o fato mais importante que aconteceu aqui nesta cidade, neste país. Espero que ela seja uma bonita borboleta. Que mereceu, e merece."

João do Silêncio, Pequeno tratado das paixões

* * * * * *

7 de Julho de 1986 (Segunda)

Ontem Franzkafka me ligou aí pelas nove da noite, se eu não queria ir a uma festa com ele.

Queria.

Interrompi minha leitura, pus de lado minha quarta ou quinta dose de cachaça do Nordeste, que mais parece licor, e fomos até um apartamento numa transversal da Marquês de Qualquer-Coisa.

Grupos, casais que chegavam e não se conheciam entre si, bebida farta — mudei para scotch, uma temeridade —, música, dança, os grupos que já se conheciam e se descontraíam embora sem se misturar uns com os outros. Ilhas, várias ilhas. Uma ou outra tentativa de contato — uma festa formal como qualquer festa em qualquer lugar. Quem não se conhecia às vezes tentava conhecer o outro, sem naturalidade ou vontade real. Resultava a festa em pequenos grupos demarcados que não se somavam, não se misturavam. Uma chatice, enfim, e Franzkafka e eu logo percebemos: ainda conversamos um pouco e depois fomos saindo à francesa para jantar.

A primeira tentativa foi o Ricky's Bar. Cheio. Depois, o Nick's Bar. Cheio. Seguimos para o Botequim dos Aflitos. Dividimos um exuberante bacalhau à espanhola. Pedi um chope que deixei pela metade — e comi com gula de frade. Foi o meu erro — o jantar, não a gula. A mistura cachaça e scotch já havia balançado meu estômago e minha cabeça. Franzkafka também sentia lá seus efeitos e isso, nele, se manifestava de uma maneira bem específica: quando bebia Franzkafka punha-se a falar em tom de parábolas.

Ele me deixou em casa.

Fui direto para a cama.

Mas logo percebi que não conseguiria dormir; me levantei e fui para o banheiro: pus o dedo na goela e lá se foi bacalhau à espanhola e o resto. Acordaria sem ressaca, ou pelo menos com ela atenuada.

Escrevo já no dia seguinte; acordei com muita sede e fome.

Comprei dois jornais, tomei café puro com pão no bar e voltei para casa. Comprara *O Mundo* porque já sabia (Alice havia me falado) que sairia uma resenha sobre um livro que publiquei sob pseudônimo. É uma resenha mal-humorada que se quer severa. Para falar a verdade não dei muita importância a ela, que até faz uma referência simpática ao "novo autor". Só acho que quem se pretende escrever sobre (contra) livros deveria experimentar escrever um livro uma vez na vida, para conhecer o "lado de cá".

Alice chegou de Xangri-lá, onde deixou o filho por mais um dia na casa da minha irmã. Quando ela chegou, eu estava novamente no jornaleiro — e com muita fome. Fomos comer um galeto ali em frente. Ela estava contente por ter assistido à ópera.

Depois de almoçar fomos ver apartamento para alugar. Chegando perto do edifício, Alice se deu conta que já o havia visitado. Diz que bate muito sol e no verão deve ser um forno. Mas fomos vê-lo de novo. O apartamento é bom, concluímos, mas ela prefere esperar a decisão de um outro no edifício de sua tia.

Em casa, enquanto eu lia (Mishima) e relaxava, ela ficava tensa e escolhia com dificuldade as roupas que levaria na viagem — o avião sai às 19:30h. É uma reunião com produtores de cinema e ela estava se sentindo insegura, sofrendo de véspera. Na hora, deverá se sair bem, como sempre.

Alice partiu e chegou a noite e acabei indo até a casa do Franzkafka e lá ficamos — mais a Aninha, sua mulher, em meio a longos papos, que iam de idéias para filmes, um sobre Florbela Espanca, que achei atraente não tanto pelas poesias dela, mistura de kitsch melancólico com um leve toque de gênio, mas pelo mistério que ronda sua vida e morte; o poeta Sousândrade, que raptou a filha e fugiu para Nueva York, onde conheceu Walt Whitman, e mistura em sua longa poesia o sangue do último inca Tupac Amaru com Wall Street — que me atraiu menos devido aos "donos" do autor; episódios da Guerra dos Emboabas, que Franzkafka já me contara, agora com renovado interesse, e que foi a primeira guerra interna brasileira ("emboaba" significa "nativo") contra os "reinóis" por causa das minas, e nessa guerra os homens, cristãos-novos na maioria, e que acabaram tendo que se casar com mulheres criminosas comuns, partiam e voltavam três ou mais anos depois. Ora, nesses três anos, três plantios foram cuidados e três colheitas recolhidas pelas mulheres, além delas se reorganizarem estrategicamente para se defender dos índios. Quando os homens voltaram, portanto, encontraram suas mulheres em situação de igualdade: elas haviam adquirido autoridade, cuidaram da plantação e da defesa, do dinheiro — tudo estava em suas mãos. E mais detalhes que esqueço pois o papo foi muito e alongado, deslizando depois para a época da supremacia árabe na Europa e em parte da Ásia — até matemática entrou na conversa e fomos dormir muito tarde.

Como chovia muito, acabei dormindo lá mesmo.

Dormi poucas horas, levantei e vim até meu escritório-pela-metade fora de casa, onde me vi preso por uma forte chuva e para passar o tempo escrevi e escrevo mais estas páginas do meu diário "factual", "literário" ou "estrangeiro" — ou nada disso...

Já passa do meio-dia.

Curiosa esta compulsão ou hábito: por que eu estava me sentindo com a obrigação de ir até em casa, se meu filho só chega depois das cinco e se tenho análise às três? Ora, por que não ficar até pouco antes da análise, comer alguma coisa aqui por perto? O hábito, mesmo quando disfarço para mim mesmo, dizendo: preciso tomar banho, trocar de roupa. Preciso? Nem tanto. É o hábito. Onde foi que andei lendo sobre o hábito? No livro do Mishima sobre a ética do samurai? No livro do Deleuze que comprei e mal folheei? Não sei. Quantas e quantas coisas nós fazemos em nome do hábito, do costume, e sobretudo quantas coisas não deixamos de fazer? Por isso, de vez em quando, tento quebrar meu cotidiano, mudá-lo, deixo-me levar pelo não previsto, como ontem.

Pretendia ficar pouco tempo na casa do Franzkafka, acabei dormindo lá — e custei a dormir: carros passando na Grande Avenida e gatos no cio para completar a orquestração. Mas no geral somos vítimas do hábito, do mesmo pé de chinelo debaixo da cama; do banho frio no meu caso, mas sem horário fixo; dos noticiários da televisão; dos remédios; do cinema no fim de semana cada vez mais raro; a pilha dos livros que não vamos mais ler na mesa de cabeceira; o mesmo jornal todo dia. O hábito que faz o monge é de pano, tem textura e cor; esse hábito de que estou falando é invisível, mas também ele nos faz, faz parte de nós. Mesmo com os inquietos e instáveis como eu.

O importante é não deixar que o ato de escrever vire um hábito: precisa ser necessidade, descoberta, coisas novas, o contrário do hábito, ainda mais para escritores como eu que escrevem sem disciplina, escrevem por compulsão. Será que este diário está se transformando num hábito? Não, acredito que seja outra coisa. (Pior: compulsão/obsessão?) Dois dias não são iguais. Posso escrever pelas mais variadas razões. Posso também não escrever. (O diário das coisas não escritas seria o mais rico de todos.) Ego e superego dominados? Homens são formas, disse Gombrowicz. Persona: criam uma personalidade para o outro. Hesitei em transcrever um trecho de Gombrowicz sobre o assunto, porque hoje, menos que na época em que o sublinhei, não me julgo totalmente encaixado nestes esquemas, não por virtude, talvez por deficiência "psicológica", e por isso, por não construir uma personalidade externa que me defenda, me sinto mais vulnerável embora com a sensação — não tiro a possibilidade de ser compensatória — de estar mais próximo da minha verdade, da honestidade de relacionamentos. No entanto, acontece que o trecho de Gombrowicz acaba pegando todo mundo, uns mais, outros menos. No caso, mais ainda quando surpreendi exemplos de dois escritores diferentes, ao lidarem com seus personagens. Vamos ver se dá pra entender. Primeiro Gombrowicz:

"Pois enfim o homem que proponho é criado a partir do exterior e ele é, em sua essência mesmo, inautêntico."

Os dois textos de romance:

"Era um homem de cerca de quarenta anos; os traços regulares e belos mudavam de expressão de acordo com as circunstâncias; e essas variações eram bruscas, completas, iam do mais agradável ao mais sombrio, como se fossem produzidas pela distensão repentina de alguma mola. (...) e entretanto aquele rosto não produzia nenhuma impressão agradável. Desagradava, principalmente, porque exprimia quase sempre algo de fingido, de estudado, e dava a íntima impressão de que nunca chegaríamos a conhecer sua expressão verdadeira. Olhando-o mais atentamente, a gente começava a suspeitar, sob aquela máscara permanente (...)"

Dostoievski, *Humilhados e Ofendidos*

"Todo mundo diz que a vida é um palco. Mas a maioria não parece ficar obcecada com a idéia, menos ainda tão cedo quanto eu. Pelo final da infância, eu já estava bastante convencido de que a coisa era assim e de que devia representar minha parte no palco sem nem uma vez revelar meu verdadeiro eu. (...) Ainda estava certo de que todos os homens embarcavam na vida exatamente desse modo. Acreditava com otimismo que, assim que o desempenho terminasse, a cortina cairia e a platéia nunca veria o ator sem maquilagem."

Mishima, *Confissões de uma Máscara*

Eis os textos, sem comentários que não estou em fase "filosófica", mas sobretudo porque eles falam por si. Deu para entender o que eu (ou eles) estava querendo dizer — acho.

Parou de chover.

* * * * * *

9 de julho

Devo dizer alguma coisa de inteligente.
 Nada me ocorre.
 Temporariamente burro.
 Amanhã melhoro. Ou será que não? Cada dia que passa evoluímos ou retroagimos? As duas coisas? O tempo, sempre o tempo — e o que haveria de mais adequado para um diário? Mas não é só o tempo cronológico: é o tempo-vida, o tempo-morte. Dentro deste compasso, vivemos — e morremos.
 A cada dia.
 Será a depressão que anda me rondando? Ou cansaço? Perguntas transcendentalmente banais. Ouço a vida passar e não sei se passo com ela ou se estou parado, observando-a. Quando tenho ataque de burrice fico vendo mistério em tudo. Ou só os pequenos e desconhecidos mistérios. Não falei em vida? Alguém pode me dizer o que é? Qual o seu sentido, valor? E a morte? São coisas distintas ou a vida traz inserida nela seu próprio fim? O que é a solidão? Angústia? Medo? A dor da existência ou a dor que o ego sente com o simples fato de existir? Como desarticular o ego? Afrouxá-lo, enfraquecê-lo para que a verdadeira pessoa emerja? Muita análise e o que teria eu conseguido estes anos todos? Será que tive progressos e não os percebo?
 Quando vou me libertar de mim?
 Quando vou me libertar de mim para ser eu mesmo?
 Mas afinal quem sou eu? Quem poderá me dizer?
 Preciso atravessar todas as banalidades para — para o quê mesmo? Onde quero chegar? Corta a palavra "banalidades" e ponha "adversidades". Viver custa caro. É quase um luxo. E ao mesmo tempo a morte não é solução. A solução — se existe alguma — é continuar vivendo. Eu, perplexo. Como gostaria de ser alegre, ajustado, objetivo. Como gostaria de ser o não-eu! Mas, como, se o que eu preciso é de auto-aceitação? Gostar de mim. Se eu não me gostar... Sim, me

olhar no espelho e não ver uma outra pessoa: *me* ver no espelho. Ao mesmo tempo, sou um estranho a mim — o outro e o mesmo (não o metafísico, talvez o "existencial", meio fora de moda).

Quem é aquele cara no espelho que às vezes fica me olhando? Qual é o meu espelho? Por que espelho? Questão de imagem? (Não caberia tudo isso em "O espelho", de Machado de Assis?) Qual é a minha medida? Para onde estou andando? Por que tantas vezes deixo a vida passar por mim?

Não sou o centro do universo, mas sou o que tenho (e sou) e aquele que pode afirmar, entre outras coisas, que não é o centro do universo. Outros afirmariam por mim. O que vale é a minha perspectiva. Através do individual chegar mais longe, no outro, no mundo. Uma espécie de política interna. Estratégia do jogo de viver. Sobreviver. Complicado. Mas necessário. Como é possível meu vizinho sentir a minha dor de dente? Tampouco consigo eu sentir a dor dele. Ou a sua alegria. O verbo sentir é intransferível. Eu sinto, tu sentes. No entanto, nós não sentimos. Mas divago. Pelo menos a burrice temporária passou. Passou mesmo? A burrice e a depressão — mas não que (fosse isso questão de lógica!) a depressão é/seja burrice! Sensação de que hoje não estou fazendo muito sentido. Dormi muito pouco — eis uma boa desculpa. A cabeça anda lenta, circular, sombria. Faz frio. O que me impede de dormir? Cansado de tantas perguntas. Eis a resposta para todas elas:

(interrompido)

Não tem respostas.

Só luzes, sinais.

A verdade deve ser solar e eu sou lunar.

Tenho minhas quatro estações, vario em forma e em densidade. Eu, às vezes chuva, às vezes sol. Deixo marcas de passos na areia. Mas o vento. Os passos passam. Sem marcas — ou, sim, mas com a duração de um instante. O vento. O mundo vai acabar com um estrondo ou com um gemido. Mas de que me serve a poesia, Eliot, nesta noite fria — se não me aquece mas me arrepia? Falta calor por dentro. Talvez sol. Talvez o mar da tranqüilidade. Noite, lua. Lunar, lunático. Da minha janela não consigo avistá-la: só outros edifícios. E nem assim a realidade me chega. Fumo mais um cigarro, o antepenúltimo desta noite. Mas não se fumam cigarros: fuma-se ansiedade. Fumaça entrando no centro de mim: no peito, pulmões. E nem assim a ansiedade diminui. Nem escrevendo. É que ansiedade se alimenta de ansiedade. Vamos com calma. Está tudo sob controle. Nenhuma razão objetiva (!) para se (me!) preocupar. Fumo. Apenas um ato físico — hábito, costume, vício.

Boa noite, ansiedade!

(Na esperança de que ela, pelo menos, adormeça.)

Não há nenhum sinal de que o mundo vá acabar: apenas o dia termina e alguém cisma nas páginas de seu diário.

Quem?

Não mais crisálida: a borboleta estava em chamas.

LIVRO II

KIRIRI

"O senhor sabe o que o silêncio é? É a gente mesmo, demais."
Guimarães Rosa, *Grande sertão: veredas*

"Nasci.
Passei metade da minha vida para entender (e assim mesmo...) os significados destes dois verbos:
nascer e viver.
Na outra metade da minha vida me caiu como um peso avassalador um outro verbo:
morrer.
Tratei de entendê-lo, de conviver com ele, de vivê-lo, se assim posso dizer.
E quando começava a entender esses e outros verbos — comer, beber, crescer, falar, calar, amar — a morte chegou, e chegou assim, como substantivo, simples, frio, definitivo e indeclinável.
Morri."

(Encontrado escrito à mão, num envelope aéreo, de origem dinamarquesa entre os espólios enviados por Jean-Luc Carpeaux-Maigret, e anotado como o possível título de AUTOBIOGRAFIA BIODESAGRADÁVEL)

No entanto.
Bem, por enquanto João do Silêncio ainda não morreu.
Aliás, ele nem nasceu.
Nascerá aqui, dentro de pouco tempo, no meio da selva (liberdade poética?) e em meio ao silêncio cheio de ruídos que os índios chamam de Kiriri.
No entanto.

1
MEMÓRIAS DE ALDARA

Pois no antigamente da vida trá-lá-lá — ele nasceu.
Ele nasceu de Aldara — ou se deveria dizer, ele nasceu em Aldara?

"Aldara é o meu país, de singular localização sentimental e geográfica, pois Aldara é o único país, um país único, limitado ao Norte por Portugal, ao Sul, pelo Uruguai, ao Oeste pela Lembrança do Calor africano e ao Leste pela Música dos Ventos."
Falamos de geografia poética?
Ele não se lembrou de mais nada.
Anos depois, Alice veio socorrê-lo; chegou até ele e disse:
"Claro, a primeira coisa que se faz é ter uma visão global de para onde eu vou viajar. É algo meio parecido com aprender geografia" — e ela se espichou, ficando nas pontas dos pés como se estivesse querendo ver um pouco mais longe. "Principais rios — nenhum. Cidades principais — nenhuma, tirando a capital, Livramento. E quem são aquelas criaturas lá embaixo, vaquinhas, ovelhinhas e… as bem pequenininhas parecendo fazer mel? Não podem ser abelhas, entendeu, ninguém consegue ver abelhas assim de quilômetros de distância…"
E por um bom tempo ela ficou em silêncio, observando uma dessas criaturas que havia mergulhado no meio das flores — como se fosse uma abelha normal, disse ela.
No entanto, a criatura era qualquer coisa menos uma abelha: na verdade era uma ema. E que flor enorme deve ser aquela, foi seu próximo pensamento, que quase lhe tirou a respiração.

"E que tamanho devem ter os ovos daquela ave gigante. Acho que vou correr até lá pra ver de perto. Está tão quente que vou chegar lá fervendo, vermelha como uma melancia por dentro. E aí a ema vai rir de mim e" —

e Alice pôs-se a correr pelo campo.

João do Silêncio ficou onde estava; sorriu, enquanto Alice desaparecia tão rapidamente no Horizonte quanto tinha aparecido no Tempo como que por encanto — e que encanto!

* * * * * *

A história de Aldara é feita de sonhos, abelhas, marias e alices, joões, lendas e histórias, de glórias e mortes, como a de qualquer país, conforme registram seus escribas e escrevinhadores, todos imaginários e pessoais, mas não importa: é, seria, uma longa história escrita em pergaminhos extraídos de um só coração de criança e chamado quem sabe de *História da filosofia acidental*, ou *História geral dos dias e das noites*, em que se trata da jornada de um quase imbecil até o quase entendimento.

Um coração de criança, o coração de João do Silêncio.

Uma criança que cresceu, mas não cresceu; que foi obrigada a esquecer, mas não esqueceu; que foi obrigada a chorar, mas não chorou; que foi obrigada a morrer, mas não morreu. E que com o seu país viveu dentro de si, continua vivendo — ei-la, viva, pássara, pássaro de asa quebrada. Sabiá ou alma-de-gato. Mas com seu canto, seus arrojos e arranjos e arroios intactos, embora abalados: é um canto rouco, roufenho, intermitente em seu silêncio — um canto de bem-te-vi, um canto de alma-de-gato, um canto do cisne. Minha terra não tem palmeiras onde canta a alma-de-gato. Sabiás, não sei. Nem melros, bem-te-vis. Cuco, sim, no relógio da parede. Minha terra tem paineiras onde canta o urubu-rei. Tico-tico no fubá, não tem. Tem águia míope e uirapuru de canto desencontrado.

Toca um piano em surdina, chopiniando as teclas antigas. Uma *berceuse*, uma cantiga de acordar, de ninar. Não faz mal: é música, sempre música ao Leste, ao Norte, ao Oeste, ao Sul da sua lembrança. As notas não se perdem por mais que, na vida, e da vida, as notas dissonassem, e por isso João do Silêncio havia evitado ouvir música.

Durante dez anos, evitou ouvir música.

Mas as notas, presas dentro dele, estavam soltas na sua infância, no piano da sua mãe solto na infância. A música no ar silenciava a música dos seus, dos nossos ouvidos moucos. E era sempre um piano tocado na sala da manhã da infância. Os Noturnos matutinos: o dia anoitecia logo pela manhã. Em surdina, um piano. Tocando para mim, para você, sinfonia ininterrupta, sinfonia inacabada, sinfonia permanente — sinfonia sem/fonia?

Sim, fonia, afonia.

Ele nasceu em Aldara, Aldara é o seu país.

Ele nasceu de Aldara, Aldara é a sua mátria.

Ele nasceu em Aldara, Aldara é a sua terra,
    pátria terra mátria terra terra terra

2
"AAAAAAAAAAH!",

"Bruuuuuooonn!"

Pronto: foi de repente, no meio da terra, o chão se abriu e.
O inesperado, uma surpresa. Ou teria sido uma surpresa se houvesse alguém por ali assistindo, naqueles ermos gerais, naquela lonjura solitária, o silêncio cheio de ruídos, mas constante, aquele silêncio das selvas que os índios chamam "kiriri", foi interrompido da noite para o dia:

"Brrruuuuoonn! Crraaaaaah! Brrrrr!"

Só os astros no céu como testemunhas — e os astros permaneceram impertubáveis.

Cá na Terra as aves procuraram as árvores mais altas; onças e pumas e tigres correram; o tatu se meteu dentro de sua toca — e quem disse que ele saía de lá? —, uma pachorrenta paca ensaiou uma velocidade maior do que estava acostumada e até a preguiça no seu solidário galho resolveu se mexer — em vão.

"Brrrrrr! Crraaaaaaah! Brruuuuuuoon!"

Era como se a terra estivesse se abrindo ao meio, como se o chão rasgasse como um pedaço de papel, deixando de ser piso sólido e seguro — a terra ondulando, dançando.

Parecia o fim do mundo

"Aaaaaaaaaaaaaaaaaaaaaaahhh!"
mas não era:
A terra de repente se abria, se abriu, e do seu interior surgiu um anãozinho.

Inexplicavelmente.

Isso: um anãozinho bebê.

Não era possível, mas assim era: de uma hora para outra a terra se abriu e da fenda que ela mesma ia criando e formando surgiu, brotou, nasceu um anãozinho bebê.

E era um anãozinho muito nu, com uma cabeleira vermelha como fogo brilhando na noite — o que assustou mais ainda os bichos e até as plantas dos arredores.
Pois assim nasceu, surgiu, brotou esse anãozinho.
Do meio da Terra do Nada, no meio do Mundo do Tudo.
E a primeira coisa que fez foi se sentar nas pedras, sacudindo vivamente os cachos acesos.
Os olhinhos, como brasas, descobriam a paisagem assombrada, a paisagem assustada.
A terra ocupava-se em voltar ao lugar de antes, ao lugar de sempre.
O anãozinho, como que despertando, logo percebeu o frio e pôs-se então a chorar, e as lágrimas defenderam as brasas dos olhinhos, a chorar como um leitãozinho:
— Guam... guam... guam...
Não é assim que leitãozinho chora? Não faz mal, o que importa é que eram uns guinchos de doer o coração.
Passado um tempo, ele se acalmou.
Os dedos pequenos pressionaram os olhos pequenos.

(Os dedos leves e pequenos se exercitam, como uma aranha que caminha no ar sem sair do lugar, em cima dos teclados, em preparação e cerimônia, ritual. As teclas brancas e pretas, em silêncio, repousam como um solo a respirar, aspirando em branco e preto como no filme da lembrança. "Nostra terra, terra minha, minha terra é meu começo, por isso vivo no chão; minha terra é meu começo, por isso vivo no exílio. Minha terra Aldara, a mãe-terra na base, a mãe-terra e meu peso, meu corpo se ensaiando fora dela, solto como música que não se sabe música, equilíbrio no fio de arame do chão. Braços abertos para não cair, a cabeça em pleno ar, o ar que me respira, só o céu que nos proteje, eis que nasce…"

Ia saltando a criança por entre a enredada e nascente realidade.

Onde o mapa, a bula, receita, algum manual de sobrevivência na selva da vida humana, já que a vida nasce sem certificado de garantia? Ninguém ali avisando que a vida dali pra frente seria — uma tragédia, uma comédia, alegrias, sofrimentos? Sem nada, sem certificado de garantia nem manual, é assim que se nasce.)

Nascera — estava nascendo.
Agora só olhava: espiava.
Que coisa era aquela à sua volta?
Que sons, ruídos, luzes, que mundo era aquele?
Levantou-se e ensaiou a caminhada.
Pois, quando o anãozinho levantou-se, começou por se equilibrar; tateou depois o chão com a ponta dos pequenos pés; e foi:
primeiro uma perna depois a outra.
Aprendia.
Logo começou a andar: por entre riscos e penas, por entre pedras e areias, córregos e arroios, por entre arbustos e espinhos, por entre folhas e galhos, ia saltando o anãozinho.

3
O VENTO

Volver al sur, por entre riscos e penas:
  nesta geografia da memória, nesta geopolítica da intimidade humana, nesta cartografia dos genomas poéticos, o país Aldara se espalhava, do lado de dentro, em todos os nortes e suls, oestes e lestes, e do lado de fora, nos campos desenhados de coxilhas, capões, minuanos, habitado por alazões e tordilhos, por centauros e dragões, por vacas holandesas e herefords, por emas, siriemas e ovelhas, por joões-de-barro e almas-de-gato, e um verde que só terminava quanto o azul do céu se lhe interrompia, interrompia o olhar que por acaso ou nascimento contemplava a tela pintada pelas cores do tempo, pelo pincel do vento.

O vento vinha ventando pelas estradas de barro,
Pelas estradas de terra o vento vinha ventando,
E enquanto o vento ventava o canto do minuano
cantava o menino o piá o poeta o haragano:

>A palavra vento,
>a palavra Liberdade,
>cabem nesta palavra:
>L i v r a m e n to

  E pelas veredas daquela paisagem, sua cabeleira vermelha ia se enredando em puruuaras, cipós, ramos e galhos.
  Paciente, sem pressa, ela ia se desvencilhando das plantas.

À meia-noite, onde quer que estivesse, se deitava.

Olhava em volta, esparramava-se no chão, abraçava a terra, cobria-a, beijava-a, virava e se revirava que nem jacaré à beira do rio — e ficava cheio de folhas secas pelo corpo todo.

Depois, muito do satisfeito, batia na barriga
tam! tam! tam!
como se fosse um tambor.

E aquele som continuado e rouco rebimbava de galho em galho, de árvore em árvore, de mata em mata, atravessando igarapés, igapós, iguapás, lagos e rios.

Mas às vezes o anãozinho de cabelos de fogo se chateava.

Durante as tardes caladas, tirava do saco sua flautinha de bambu e soprava e soprava até produzir som. Aquele som, ruído, música uníssona, uníssonora, penetrava pela mata e, por ser tão constante, até parecia silêncio, um silêncio transformado, fino, agudo, que despertava as siriemas, assustava as araras, agitava a bicharada. Alma-de-gato, então, nem se fala: fugia. Os periquitos faziam um coral infernal, e aí o papagaio, coitado, começava a falar como um doido: puro nervosismo.

Dali a pouco guardava a flauta e andava.

Andou tanto que, com o tempo, acabou descobrindo à beira do rio uns tipos esquisitos, grandes e que cobriam o corpo com alguma coisa que o anãozinho desconhecia.

Eram os homens do campo.

Anãozinho ficou desconfiado, depois curioso.

E percebeu que aqueles homens altos eram espantados, se assustavam com qualquer coisa. Quando ele os surpreendia de longe, apanhando lenha ou lavando no rio aqueles panos que vestiam, grunhia, grunhia com toda a vontade. Os homens grandes paravam o que estavam fazendo, olhavam para o desconhecido da mata e não tinham dúvida — ó, zupt! — saíam correndo.

Desapareciam.

O anãozinho se divertia muito com isso.

4
DIDÁTICA DA VIDA

O centro do mundo está em todos os lugares:
onde houver um ser humano
(por pior melhor que ele seja),
eis aí o umbigo do mundo.
Por isso, eu digo,
digo sim, digo não:
 O centro do mundo "c'est moi";
meu coração.

Pelo menos deste mundinho aqui que tento criar inventar escrever e ser.

Eu me lembro, eu me lembro — mas a lembrança não é o pesadelo da ficção?

Eu tento me lembrar da minha formação e a minha formação não tem nada de canaviais, escravidões e século XIX:

O traço todo da vida é para muitos um desenho da criança esquecido pelo homem, mas ao qual ele terá sempre que se cingir sem o saber... Pela minha parte acredito não ter nunca transposto o limite das minhas quatro ou cinco primeiras impressões... Os primeiros oito anos da vida foram assim, em certo sentido, os da minha formação, instintiva ou moral, definitiva.

Pois o parágrafo acima, assim mesmo, sem aspas, escrito por Nabuco, indicando uma identificação ou insinuando um pequeno plágio, poderia ser meu embora
 nada, nada, nada
 seja

definitivo, definitivo, definitivo...
meu.
Nem eu nem a frase anterior.

Eu tento me lembrar, digo sim, digo não e só aparecem na minha tela mental detalhes de detalhes, riscos ariscos e rasgos amargos, odores e gostos, olhares e brincares, impressões impressas e dispersas: fragmentos de um discurso emotivo, sentimental, a criança é o pai do homem, o homem é o pai da criança, eu quero dizer e não digo, eu quero gritar e não grito, tudo em nome da moderação que não existe e da extrema lucidez que não há, não há:

só há extrema lucidez na hora da nossa extrema morte, amém.

No fundo, no fundo,
(bem fundo do fundo)
o que a gente sente falta do passado
(mas eu não sinto falta do passado!
só estou querendo entender!)
não é o passado:
é o seu futuro mais que perfeito.

No pátio de casa a mãe, amorosa educadora, conversa com o filhinho, filho da fronteira:
"Maçã ou pêra?"
"Pêra.
" Pitanga ou jabuticaba?
"Jabuticaba.
" Laranja ou vergamota?"
"Vergamota."
"Alderense ou *castejano*?"
"O que é isso, mãe?"
"Sorvete de creme ou sorvete de morango?
"De creme."
"Sonho ou mil-folhas?"
"Os dois!"

Sonhos e mil-folhas na padaria da esquina; sorvete de creme do outro lado da praça, no Uruguay:
buenas, che:
gostos de infância da infância de gostos para sempre.

Lembrança lambança remember rememberança — *te recuerdas, chiquito heim, pibe, te recuerdas del viento corriendo como um cavalo baio pelo pampa y entrando zunindo pela ventana? Y las emas, che, en los descampados de los cerrados protegidas apenas por sus penas? Y las rádios Charrua y Pimpinela entrando em casa com samba-canções (la aldarense Charrua) y tangos y boleros (la castejana Pimpenela)?*

O guri ganhou então dois cachorros: Pimpinela e Charrua.

O vento varre até hoje os corredores das memórias de Aldara; o vento espalha-se, corria e corre, escorria e escorre por toda a infância de pé no chão; é um vento tão presente que tem até nome próprio: Minuano.

O vento vinha ventando... e ele trazia a chuva, ou levava a chuva de vez e trazia o sol, e levava o sol de vez e trazia a chuva, o vento todo poderoso — *e quando o vento ventava o mundo parava um segundo.* Deus da chuva e do sol, deus da vida e da morte: o vento e a chuva.

O tempo, o vento e a chuva: são rememberanças de Aldara, memórias reinventadas de João do Silêncio. Interrompido pelo canto dos ventos e o encanto dos tempos. Chove chuva, chove sem parar — desaparece.

Desapareciam.
O anãozinho se divertia muito com isso.
Quando voltava para debaixo da terra — antes de dormir, antes da chuva — cantava de novo. Cantava e suas canções subiam ao ar como a água das lagoas e igarapés quando se encantam em nuvens.
Nos amanheceres celestes, os sons longínquos do anãozinho despertavam as criancinhas e os terneirinhos, que gritavam docemente.
O canto do anãozinho era um despertador carinhoso.

Mas um dia, cansado de tudo, o anãozinho pensou, pensou de novo e acabou tomando uma decisão: queria atravessar a floresta, queria ir pra bem longe — longe-longe-longe —, muito além daquelas matas, igarapés, lagos, rios.
   — Sim, eu vou — disse.
   Colocou um punhado de folhas mágicas em seu saquinho — folhas da Mangueira Falante — e se pôs a andar. Botava o nariz para o ar procurando a melhor direção e ia em frente.
   Mastigava uma folha mágica e caminhava.
   Não tocava mais tambor na barriga, não soprava mais a flauta, não cantava mais canções — tudo para não despertar a atenção dos camponeses e dos colonos que via de longe, enquanto passava, nas mais estranhas e incompreensíveis atividades.
   Tirava uma folha do saquinho e mastigava.
   Parava num olho d'água e bebia.
   Não tinha nem fome nem mais sede — andava.
   Quantas luas se passaram?
   Quantas vezes o sol veio e foi-se embora?
   Chovia, chovia, chove chuva.
   E o vento?
   Venta, vento, vento venta.

Andar, andou — e como!

E eis que, na beira de um lago grande, o anãozinho avistou o que lhe parecia um monstro peludo.
   Era um cachorro de pêlos enormes — assustador. Tranquilo, quieto, sentado sobre as patas traseiras, contemplando a água. Estava tão distraído o grande cão peludo que nem notou a presença do anãozinho.
   O primeiro impulso foi correr, mas anãozinho mudou logo de idéia. Olhou pros lados, encontrou uma pedra arredondada.
   Pegou-a com todas as suas forças, fez pontaria e jogou-a.
   Pimba! Plac!

A pedra atingiu a coxa do animal, que passou a correr, fera assustada, fera ferida, embrenhando-se na mata.

Desapareceu o cão mas seu grito deixava atrás dele um urro contínuo como rastro de dor.

Um grito horrível.

Todos os animais da redondeza fugiram.

O próprio anãozinho se assustou, mas logo riu muito, aliviado.

Era ele ou eu — pensou.

Mastigou mais uma folha da Mangueira Falante e continuou andando.

Saiu o sol e chegou a lua.

Anãozinho avistou uma pedra e quis descansar; instalou-se em cima dela.

Mal sentou a pedra começou a andar.

— O que é isto? — falou ele alto.

A pedra andava com o anãozinho em cima, balançando suavemente. Ele pensou em pular fora, mas foi se acostumando e achando até bom andar assim sem precisar mexer as pernas.

E desta forma ele adiantou a caminhada antes que a noite mesmo chegasse — antes que batesse (batesse? Mas batesse onde?) a meia-noite —, acomodado, muito do tranqüilo bem em cima do casco de um jabuti.

Depois de descansar-andando, pulou fora e voltou a usar suas próprias pernas.

(E o jabuti, sem saber de nada, saiu de cena da estória e, bem mais tarde se transformaria em prêmio.)

5
A TRAVESSIA DA FLORESTA

O voo noturno das aves e morcegos, e a noite escura se aproximava com seus passos de puma.
Ameaçava chuva: clarões.
Anãozinho começou a falar com a noite, com a chuva:
— Ai, minha noite que vem vindo, deixe eu atravessar esta floresta antes de você chegar. Ai, dona chuva que vai me molhar todo, deixe eu chegar sequinho do outro lado do lado de lá da mata.
E por via das matas e das dúvidas apressou o passo.
Ainda olhou para o alto e até pensou que algumas estrelas solitárias estavam falando alguma coisa para ele.
Parou, aguçou bem os ouvidos.
Nada, era outra coisa: eis que não era apenas ele que percorria aquelas lonjuras sem-fim.
Quando baixou os olhos do céu teve certeza de seu pressentimento: viu na sua frente, mais adiante, um vulto, um recorte, uma figura.
Olhou, olhou: era uma mulher muito branca, com um vestido longo, solto no corpo, lenço preto nos cabelos.
Os olhos do anãozinho brilharam: eram brasas.
Mas ele não se assustou; tampouco, pela primeira vez, passou por sua cabecinha assustar aquela mulher muito branca.
Encantado, sentiu que estava descobrindo um mundo.
Suas pernas pequeninas ganharam velocidade.
Vai-que-vai, ia-que-ia.
Quando se encontrava quase ao lado dela, a mulher muito branca sorriu pra ele com a maior naturalidade do mundo — sorriu um sorriso branco como a branca lua cheia.

— Como vai, anãozinho, há quanto tempo?
— Mas... a senhora me conhece? — falou o anãozinho, perturbado.
— Quer dizer... é maneira de falar. Pra onde você está indo, anãozinho?
— Eu quero atravessar a floresta.
— Que ótimo! Também vou nesta direção. Podemos ir juntos.
E assim, como velhos conhecidos, continuaram a caminhada.
De vez em quando, ela dizia alguma coisa, brincava com ele.

Ah, o anãozinho, vocês precisavam ver: feliz, feliz, ele se sentia com vontade de se jogar no chão, abraçar, cobrir a terra, beijá-la, tocar tambor na barriga, depois tocar tambor na barriga de novo, soprar a flauta, cantar canções — tudo sentia o anãozinho ao mesmo tempo, mas não fez nada disso, com medo de que ela se assustasse.

Aquela mulher muito branca era um clarão, uma claridade na floresta.

Com passos diminuídos, ela caminhava ao lado do anãozinho.

Um pouquinho mais e a lua se firmava.

Necessário atravessar a floresta antes da noite negra como O puma — e a chuva talvez chegar.

A mulher linda e muito branca, e que tinha um pano em volta do corpo e um lenço preto nos cabelos, era quem mais falava. Encantadora, sua voz era parente do canto do sabiá — não, do canto do uirapuru. (Anãozinho nunca ouvira o alma-de-gato!)

Encantado — ele pulava por dentro, dava cambalhotas por dentro. Não, nunca havia sentido aquilo antes — que coisa! — e tinha até medo de explodir.

Mas continuava caminhando.

— Seus cabelos são muito bonitos — disse ela. — Parecem uma fogueira de São João.

Anãozinho ficou muito contente, sem jeito ao mesmo tempo: com a cara da cor dos cabelos, uma chama só.

— O que é uma fogueira de Janjão? — resolveu perguntar.

Ela riu.

— De São João, anãozinho. É uma festa do homem da roça. Eles fazem uma fogueira bonita e ficam em volta dela.
— E você vai ficar em volta de mim? — perguntou ele.
A mulher muito branca riu de novo.
— Nós estamos juntos, não estamos?
— E é isso que chama de festa?
Mas ela não respondeu. Talvez não tivesse escutado. Anãozinho falou baixo, tímido.
Pensou: que formosa ela é! Que graciosa para rir! Seus olhos são pura jaboticaba, tem uma boca de morango...
Sim, foi como um pulo de puma a chegada da noite, primeiro cinzenta, depois negra — rápida.
A mulher muito branca falou então para ele:
— A noite caiu de vez, anãozinho.
— É mesmo — disse ele, distraído, nem se importando mais por não ter conseguido ainda atravessar a floresta.
A mulher muito branca parou:
— Vamos ficar por aqui.
— Por quê? — quis saber o anãozinho, ainda desligado.
— Porque sim. Está muito escuro e muito frio, ora. É melhor a gente passar a noite à beira deste igarapé.
Sentaram-se os dois.
O frio, avançando como um medo invisível, era de tiritar.
Anãozinho tirou uma folha do saquinho e colocou-a na boca.
— Me dê uma folha dessas, anãozinho — pediu ela.
— Claro, tire o que quiser...
Ela pegou o saquinho, meteu a mão, percebeu a flauta, pegou uma folha, levou-a à boca — e sua língua pairou entre os dentes enquanto sorria com os olhos.
Anãozinho, sem saber por quê, ficou pensando contente na noite que o aguardava a alguns metros daquele igarapé isolado.
— Antes de dormir, toque um pouco para mim — pediu ela.
Ele gostou do convite. Havia muitas luas e sóis que não fazia ruído

na flauta. Pegou-a e levou-a aos lábios. Soprou. De seu sopro — e de seu coração — apareceu no meio da mata a música mais bonita do mundo, tão bonita que os passarinhos, que já estavam dormindo, porque passarinho dorme cedo, acordaram e ficaram escutando, em silêncio.

Quando anãozinho terminou, os passarinhos aplaudiram com os olhos e com as asas, e voltaram a dormir, satisfeitos.

A mulher muito branca, que sorria muito, sorriu mais uma vez.

O anãozinho, contente, pensou em guardar a flauta mas...

6
INTERVALOS UNIDOS

Pois não é que o capítulo anterior mais parece um longo intervalo da narrativa principal?
 (E qual é a narrativa principal?)
 Há vários intervalos neste livro, e é preciso dizer de alguma forma que os intervalos são a própria narrativa, assim como o silêncio é a própria essência da música. Ora, esses intervalos, unidos, constituem a própria maneira de dizer, e dizê-lo de uma forma errante, como a vida do judeu errante, e esta errância é a própria narrativa. Como os silêncios que sublinham e fazem a própria conversa existir. São intervalos, sim, intervalos entre um ponto que não se vê e outro que não se sabe. Como a música de Schumann, quando se diz intervalo pode-se ler fragmento.
 João do Silêncio é um fragmento da e na história

a estória menina
a história assina
a estória é sina
a história assás sina
a estória assassina

a história intima
a estória ensina

7
PERNAS, PRA QUE TE QUERO?

— *Bruu!* — *fez ela com os lábios.* — *Que frio!*
A mulher muito branca tirou o pano que a envolvia e esticou-o para servir-lhes de abrigo. Anãozinho viu aquele corpo-lua cada vez mais branco e quase desmaiou:
mas só suspirou.
De seus olhos saíram faíscas — faíscas da cor dos cabelos.
Ela convidou:
— *Se a gente dormir juntinho vamos nos esquentar mais. Não vamos sentir tanto frio.*
Anãozinho não respondeu, mas era como se concordasse.
E a mulher muito branca abraçou o anãozinho, cuja cabeça ficou entre seus seios — duas pequenas luas, duas pequenas luas com duas flores no centro:

$$(*) (*)$$

anãozinho olhou para uma,
depois olhou para a outra.
A mulher muito branca, com a palma da mão, apertou docemente a cabeça do anãozinho que, naquele momento, subiu ao paraíso.
Sentia a mesma coisa quando abraçava, cobria, beijava a terra, quando ficava com o corpo nu vestido só de folhas secas, antes de tocar tambor na barriga, tambor na barriga...
Começou a reconhecer o terreno, inquieto; apalpá-la, a beijar as flores no centro daquelas pequenas luas, pequenas e macias e quentes, quase derretidas luas.

— Fique quietinho — disse ela.
Mas anãozinho deslizou pelo seu corpo.
— Ai, não me toque aí, anãozinho.
— Por que, carinho dos meus olhos?
— Porque sim.
— Porque sim não é resposta.
— Porque minha coxa está machucada.
— E por que sua coxa está machucada?
— Por sua causa — disse ela.
— Por minha causa? — e anãozinho levantou a cabeça.
— Ah, você não se lembra, é?
— Lembra do quê?
— Você não se lembra, sem-vergonha, que me acertou com uma pedrada?
— Eu? Quando, coração dos outros, quando?
— Hoje mesmo. Eu estava sentada a contemplar o lago quando — plaft — você me atirou uma pedra e acertou bem na minha coxa.
Anãozinho deu um pulo.
Num segundo estava de pé.
Lembrou-se do cachorro lanudo e de seu grito que varou as matas; pensou em pajelança, bruxedo, mandraca, malfeito, coisa-feita — tudo, bruxaria, feitiço — e um frio glacial percorreu seu corpinho todo, andou por sua espinha, tocou seu coração, arrepiou seus cabelos, que de vermelho passaram a cinza, amarelo.
— Mas... — tentou falar.
Foi questão de segundos.
A falsa mulher muito branca ainda olhava pra ele.
— Mas, você?... Eu joguei a pedra num cachorro...
— Aí que você se engana, anãozinho. Numa cadela... Au! au! au!
E a fingida mulher muito branca de lenço preto nos cabelos — caborje, bozó, mundruga — se transformou num abrir e fechar de olhos na cadela lanuda e grande que, com os dentes batendo para morder e os olhos jogando chispas de raiva, se eriçou, enfrentando o anãozinho com firmeza.

— Au! au! au!
Pernas-pra-que-te-quero —
anãozinho desapareceu como um foguete. Apenas os olhos da noite viram ele disparando por entre as dobras escondidas da mata — mais rápido do que bote de cascavel.
Sumiu sumiu sumiu.
A cadela grande e lanuda correu às tontas atrás dele, até que, exausta, teve de desistir.

Esta é a história do anãozinho de cabeleira de fogo.
Esta é a história que ainda não terminou, e ela não terminou aqui porque ninguém sabe como ela acabou, na verdade — ou se vai começar e acabar.
Uns dizem que ele voltou para debaixo da terra, de onde nunca mais saiu.
Outros garantem que de vez em quando ainda escutam nas lonjuras da mata um barulho como se fosse tambor, uma flauta que se ouve ao longe ou uma canção que costuma amanhecer as criancinhas e bezerrinhos.
E outros afirmam que ele cresceu e deixou de ser anãozinho — tanto foi o susto! — e se recolheu ao silêncio para sempre.
A verdade — agora vocês sabem — é que há muito tempo não se fala nele.

8
TUDO LENDA

Há muito tempo não se fala mais nele:
 Ora, tudo lenda,
 tudo era...
 tudo era-uma-vez,
 tudo história pra lá da conta dos contos da terra de índios, bichos e sombras da infância...
 O anãozinho deixou sua morada subterrânea, aquele buraco debaixo da terra, e cresceu, cresceu, cresceu.
 Anãozinho que cresce não é mais anãozinho, não é mesmo?
 Virou homem, um belo e guapo homem, um heleno, adulto nem tanto, pelo menos não sempre.
 (O anãozinho continuava a viver dentro dele, sem que ninguém soubesse, nem mesmo ele, às vezes.)
 Nasceu em pleno Kiriri, em plena e única floresta do país de Aldara, e em Silêncio se transformou.
 Só muitas e muitas décadas depois, renascido e auto-batizado João do Silêncio, sofrido e transformado, ele viveria, ou tentaria viver, entre os homens.
 Foram necessárias duas vivências e duas violências, uma para nascer — saindo das entranhas da terra — e outra para nascer de novo — e se transformar.
 Enquanto a aurora aparecia sempre e de novo com seus dedos cor-de-rosa, João do Silêncio ganhava o mundo.
 Solitário lobo urbano.

"Criando todas as coisas, ele entrou em tudo. Entrando em todas as coisas, ele tornou-se o que tem forma e o que é informe; tornou-se o que pode ser definido e o que não pode ser definido; tornou-se o que se sustenta e o que não se sustenta; tornou-se o que é grosseiro e o que é sutil. Tornou-se toda espécie de coisas: por isso os sábios costumam chamá-lo de Real."

Vedas/Upanichade

LIVRO III

"Chove dentro da minha paisagem"

"Même si tu as eu la sottise de te montrer, sois tranquille, ils ne te voient pas."
Henri Michaux, *Poteaux d'angle*

8 de julho de 1986 (terça)

Os primeiros minutos da madrugada. O dia mesmo ainda é um pequeno mistério. Que grande acontecimento abalará o mundo, o país ou a minha vida no dia que se anuncia?
    Talvez seja igual a ontem; o dia mal começa. Devagar, como sempre, e, como sempre, já passou (depois que passou).
    Por enquanto, não.
    Por enquanto, é expectativa.
    O normal, sem mistério. Um dia é um dia. Os dias juntos e aparentemente iguais é que fazem a rede do cotidiano.
    Nasci para ser aventureiro: inventar cada novo dia.
    Mal consigo.
    Às vezes sou burocrata de mim mesmo.
    Funcionário da minha angústia.
    Eu, aventureiro?
    Ora. Invenção!
    Eu sou uma invenção.

15 de julho de 1986 (Terça)

Estou espantado com o quanto tenho escrito, como este diário inchou, se espichou, cresceu. Será que tenho tanta coisa assim a dizer? Comecei como quem não quer nada, devagar e sem planos ou projetos, e eis que já estou na página 266 desta agenda, o que deve resultar em algumas dezenas de páginas.

* * * * * *

Mal passa das quatro da tarde. Trabalhei: escrevi e reescrevi *História da Filosofia Acidental* e pensei sobre *Alma-de-gato*.

Hoje tem análise e a primeira aula do curso de astrologia. Falar com Alice para lembrá-la. Por que fui me meter a fazer um curso, logo de astrologia? Racionalizei que era um assunto "rico" e "maldito", um "conhecimento menor", desses que são reavaliados pelo que se chama de pós-moderno.

Mas estou desligado, desinteressado. Sem vontade também para ir à análise.

O que se passa comigo?

O que passa por mim é um rio subterrâneo que não conheço e em cujas águas não consigo — nem sei se devo — mergulhar. Um rio que corre submerso e sem parar no inconsciente do meu inconsciente e que às vezes deborda (do francês, "deborder"?) as margens que o conduzem ou deveriam conduzir. Rio de mim mesmo, incógnito e invisível e selvagem. Rio interno, abafado. Ouço o barulho de suas águas convulsas. O desconhecido. Que fantasmas, espectros nadam nesse rio, bebem de suas águas? E haverá de existir, nele, almas afogadas, náufragos. Rio sem fim. Qual a sua nascente e em que mar ele deságua, termina? Ou será um rio sem começo e sem fim? Chove dentro da minha paisagem e esta chuva realimenta, engrossa as águas do rio. Sinto que chove. Ouço o barulho da chuva. Meu inconsciente, molhado até os ossos (pois ele deve ter ossos e nervos), se ressente, lateja, ameaça sair e invadir minha cabeça, a paisagem. Uma paisagem sem árvore, sem verdes.

Olho o contraste pela janela ampla: claridade lá fora na tarde que declina contra o Pão de Açúcar e os Montes de Vênus.

Saio aos poucos de dentro de mim mesmo.

Ouço vozes reais.

Pouca gente à minha volta. Falam, conversam sobre assuntos "objetivos", não sabem da existência de supostos e hipotéticos e

longínquos rios interiores. Coisa minha, idéia de "ensimesmado", esse rio introspectado ou introvertido. E que talvez nem exista mesmo. Mas e estes murmúrios, esses sinais que ele me manda? Pura invenção, auto-ilusão, "loucura" mansa e quieta, escondida.
Não existe rio.
Enquanto isso, em silêncio, ele corre por entre suas margens.
Estou pescando em águas turvas. Jogo meu anzol e faço força para segurar o caniço. Desse rio não sai peixe. Mas executo meu aprendizado de paciência e penso, com as mãos no caniço e os olhos no anzol.
As águas correm.
Sei que estou perdendo meu tempo, mas o que fazer se é dia de pescaria?
Pesco e nada de peixe.
No fim da tarde recolho o caniço, o anzol, as iscas, pego meu embornal e vou embora.

Fui embora para casa. Milena ligou duas vezes, o que será que ela quer? Liguei de volta e não a encontrei. Falei com Alice, iremos nos encontrar na aula, às 8h30. Minha disposição era de ficar sentado aqui, escrevendo e pensando na vida. Faltei à análise.
Viagem de ônibus, lendo *Os frutos de ouro*.
Pelo que já deu para perceber, *Os frutos de ouro* é um romance sobre um romance chamado *Os frutos de ouro*. Pelo caminho, uma intenção, ou proposta de literatura:
"Uma obra-prima. É plena verdade. Confesso que eu mesmo, no começo, tive dificuldade. Não se entra nesse livro de uma vez só. Mas depois, que recompensa! É admirável. Claro, quem procura psicologia, vivência, quem quer se reconhecer, quem quer sempre encontrar em toda parte seus próprios sentimentos, fica de mãos abanando. E é bem feito para eles." (pág. 36)
E na página 37:
"Como lhes dizer? Ah claro, aí não se encontram 'profundidades'. Nada de fervilhar de larvas, de chafurdamentos em não sei que

fundos lodosos que desprendem miasmas asfixiantes, em não sei que vasos pútridos em que nos atolamos. Não. Isso, nos *Frutos de ouro*, não se encontra. Mas o que se encontra nele é o que faz os grandes romances. Toda a arte, creio, para um romancista, consiste nisto, em se elevar acima desse fervilhar nauseabundo, acima dessas decomposições, desses "processos obscuros", como são chamados... se é que existem, do que não tenho certeza..."

Estará ele falando dos (meus) rios interiores?

Por que esta insistência do Nouveau Roman (Robert-Grillet e Duras, também) em negar o mundo interno do homem, a própria psiquê? Sim, discordo do trecho acima, pois faço exatamente o contrário do que ele diz: mexo com "processos obscuros" e rios invisíveis. Talvez o NR assim fizesse como reação ao excessivo e abusivo psicologismo do romance anterior a ele. Não estudei o assunto, é uma hipótese. Volto ao projeto literário inserido no romance de Sarraute:

"...com um nada... silêncio... imponderáveis... nuances, matizes... as mais finas dadas pelas relações sutis entre as palavras... Não há nenhuma análise. É feito com um nada. E o leitor sente tudo, compreende. Ah vocês vêem só, são momentos como esses, esses instantes de verdade que fazem os grandes livros." (pág. 39)

Será? — seria o caso de se perguntar. Com certeza que não apenas isso. Há mais um outro trecho na pág. 41, que me abstenho de copiar — sobre os detalhes que o romancista escolhe e de como esses detalhes integram-se ao todo — "cada movimento a um conjunto de grande complexidade que lhe dá todo o sentido". Escrever o romance pensando no romance — o romance intelectual (francês) contrapondo-se ao romance psicológico (francês) e ao romance de ação (americano). Mas haveria um outro caminho ou saída que seria o romance de imaginação (de Poe a Machado de Assis, García Márquez ou Italo Calvino ou Rulfo ou Guimarães Rosa). Racionais e intelectuais — por mais interessantes que sejam, e eu os acho interessantes, cada qual com seu mundo e linguagem — os autores do que se chama Nouveau Roman sofreriam de falta de imaginação. Será mesmo? Escrevem romance com régua e compasso, não acionam o imaginário. (Ou o imaginário se manifesta nas nuances e silêncios?) Precisaria rever os casos de Claude Simon, Robert Pinget e Michel Butor. Mas creio que não estou errado. De qualquer forma, é só uma opinião.

E eu, em que tipo ou modelo de romance me encaixo? Difícil falar sem generalizar (como generalizei acima?), mas creio que uma mistura dos três, predominando mais um ou outro, dependendo da época e da própria narrativa: romance "psicológico", romance experimental e romance de ação. Ou romance inventivo, sendo ele mesmo a invenção do romance? Gosto desta idéia. O psicológico e o experimental predominam ao mesmo tempo nos meus primeiros livros. Até onde eu posso perceber, *Alma-de-gato* é ou deverá ser um romance que encontra sua própria forma e estrutura, com suas, no plural, linguagens diferentes. É como se ele fosse "novo", como se estivesse inventando o romance, o próprio gênero romance. A pretensão é só aparente: não é assim que se deve escrever? Para que escrever o já-escrito? Não é pretensão: é como se fosse uma tática ou estratégia de criação. Acho que (só estou pensando nisso hoje) *Alma-de-gato* aponta nesse sentido. Qual? Inventar o romance. Todo romance que se preze parte do zero, inventa ou reinventa o próprio gênero. Não seria necessário citar *Ulisses*, que aliás não seria tecnicamente romance. Basta lembrar alguns clássicos — *Dom Quixote, Tom Jones, Robinson Crusoé* — ou, por outro lado, alguns romances "menores": *Sinfonia pastoral*, de Gide, *O estrangeiro*, de Camus (já *A peste* tem por trás o modelo de *Diário de um ano de peste*, de Defoe), *São Bernardo*, de Graciliano, e *Os ratos*, de Dionélio Machado. O que faz de *São Bernardo* um grande romance? A feliz e sutil mistura ou junção de doença mental e capitalismo, em forma e linguagem adequadas. E *Os ratos*? Através do trivial que é o cotidiano de um cidadão comum (o livro se passa em 24 horas) chega-se também quase que ao coração do sistema — e forma e linguagem, claro. A grandiosidade de *Grande Sertão: Veredas*, (re)inventando o gênero, tem alguma coisa de antropológico: levantamento, ao mesmo tempo síntese e panorama, de toda uma cultura agreste e mineira, tornando-a universal. Se não existissem os velhos contadores de história do interior, e toda a tradição regionalista, *Grande Sertão* não existiria. Como não existiria *Ilíada* e *Odisséia* se não existisse história oral antes. A oralidade de *Grande Sertão* — arduamente trabalhada e construída — tem sua origem na conversa ao pé do fogo, nos fins de tarde. Aliás, desconfio que o próprio romance nasceu assim, da necessidade que o homem tem de contar, contar uma experiência de vida, uma aventura; de contar o que aconteceu a ele ou a outros; de contar um caso, de contar uma história. Os romances que não contam história (coisa recente) tem como referência o contar-história, já que se lhes opõe. Caso do Nouveau Roman. Da conversa ao pé do fogo ao cerebralismo do NR, um longo percurso, uma variedade infinita de narrativas: e cada romance é único. Porque é (representa) vida ou vidas e reflete partes ou ângulos da linguagem e da sociedade, do mundo. (O romance total — que abarque a sociedade inteira — é uma utopia do século XIX: talvez Flaubert, Tolstói, Stendhal, Balzac ou Zola.) O século XX percebeu a amplidão e a diversidade atomizada, fragmentária da sociedade (mundo), e a partir de Joyce resolveu, com mais humildade, abordá-la por trechos, segmentos, fragmentos. *Ulisses* é sobre um dia na vida de Leopold Bloom, como *Os ratos* é sobre um dia na vida de Naziazeno Barbosa — através do fragmento no tempo, que é um dia, e do fragmento no espaço, que é uma cidade (Dublin, Porto Alegre), e através de um fragmento do personagem, conta-se uma história — ainda que de maneira diferente — e abre-se uma brecha para percebermos o mundo em que vivemos. Poderia ser a crônica dos costumes e do social, como em Proust, ou a denúncia explícita como Graciliano (o realismo em geral). Ou um sistema fechado — um subsistema — dentro do Sistema, como a Justiça para Kafka, em *O processo*.

    Estou pensando como se falasse em voz alta: é o que surge na hora. Escrevo e penso ou penso e escrevo ao mesmo tempo. Acabei teorizando sobre o romance. De tanto ler e escrever romances alguma coisa devo ter aprendido. Houve épocas que lia livros de teoria sobre o gênero, mas concordo com Gombrowicz: a teoria só interessa ao artista se ele puder passá-la para o sangue. Alguma coisa de vital, que ele incorpore em sua prática, e não um exercício intelectual fechado em si mesmo.

Preciso parar. Alice me espera. Vou para a aula de astrologia.

Fui, estou aqui — como sempre cheguei antes da hora. Vai começar a aula. Alice ainda não chegou. Vai começar a aula deste grande assunto, e nem sei mesmo por que estou aqui. Perdido nas estrelas. Antes da aula começar me convenci que caí mais uma vez numa armadilha que eu mesmo me armo: me interesso por um assunto, faço planos de estudá-lo e estou me sonhando especialista — e fica tudo no meio do caminho. Mais uma pista falsa, caminho que não é caminho, beco sem saída, dead end zone; como tantos que tive na vida. É só pensar no que comecei a estudar e não fui adiante: italiano, alemão, filosofia, direito, judô, cinema, história, psicanálise, marxismo, francês (aprendi), inglês (idem), até árabe na adolescência com o velho Taufik, libanês, pai da minha madrasta. Não passei do alfabeto e de alguns palavrões. Estou falando na dispersão, na falta de uma formação especializada (especialista em assuntos gerais que sou), desorientação de mim mesmo e do meu caminho. (Kafka: o que se chama caminho é hesitação.) Desde a infância, de verdureiro a dono de armazém e marinheiro e geólogo e editor e jornalista, em quantas profissões cheguei a pensar? A única constante na minha vida — também desde a infância; aos nove anos comecei a escrever um "romance" que ficou no primeiro capítulo — é a fiel senhora dona literatura. O resto é esta curiosidade insaciável e volúvel: apreendo o geral e alguns detalhes da coisa e mudo de assunto. Não vou adiante. Já devia saber: não era para eu ter entrado neste curso. Logo astrologia! Está bem, Fernando Pessoa era astrólogo, mas não sou Fernando Pessoa nem Ricardo Reis nem Álvaro de Campos. É complicado compreender os astros, fazer aqueles cálculos infindáveis, relacionar várias variantes, deduzir, intuir.

Não, nunca serei um astrólogo. O que me espanta é como é que eu ainda tinha dúvidas.

Mas, ora, foi mera curiosidade.

Que já passou.

Interrompi meu diário e minha meditação sobre o romance — por conta dos astros. Talvez não tivesse mais nada a dizer. Ou minha cabeça — já vou para outro assunto — está longe.

Nos meus nove anos, por exemplo, em Livramento, Aldara. Que "romance" era aquele que ficou no primeiro e único capítulo? Não tinha idéia de que existisse alguma coisa chamada romance, como me metera a escrever um? Deveria chamá-lo de história, queria contar uma história? Não, não o chamava de nada, apenas escrevia. E comecei, pondo nas primeiras páginas de um caderno escolar uma mistura dos gibis e quadrinhos que lia desde os seis, sete anos, e os filmes e seriados que via no Cine-Teatro Imperial. Minha avó comentou em carta para uns tios que estavam no Rio, e meu primo pediu para comprarem o "livro" numa livraria que ele queria ler. Fez confusão. O livro que não existia, mas que começou e que não estava nem estaria na livraria. O que me moveu, o que me motivou, que impulso foi aquele que eu tive aos nove anos e que me acompanha até hoje? Não sei. O primitivo impulso de contar uma história, talvez. De tantos gibis e filmes, resolvi também contar uma. Não foi também assim na idade adulta: de tanto ler romances resolvi também escrever os meus? Não foi assim com *D.Quixote*? Um mecanismo qualquer que nos leva do consumo à produção. Escrever. Contar uma história para ouvir uma história que não existia. Escrever um romance para ler um romance que não existia. Por isso somos meio inventores. Inventamos histórias. Grandes mentirosos, escrevemos para mostrar ou encontrar a verdade. Inventada ou não, ficção é sempre verdadeira. Somos também pequenos deuses: criamos mundos. Pequenos deuses humanos, é uma forma de exercitarmos nosso poder e potência. Como o lavrador que lavra a terra e consegue com isso trabalhar, se expressar e criar: ele escreve a terra. Toda a comparação é perigosa, mas fiz esta, com o lavrador, que é uma forma de dizer que ser escritor não significa pertencer a uma casta de superdotados, privilegiados e superiores como (se) julgam alguns. Penso em Cassandra Neves. Como ela é aristocrata, como se julga importante e altaneira, porque famosa e autora de livros — por ser verbete de enciclopédia. (Frase dela.) Disse ainda, quando uma amiga entrou em seu belo apartamento e fez algum comentário elogioso sobre ele: "Dinheiro cheira bem." Se existisse frase criminosa, essa seria uma delas, ainda mais neste país. Comparável à da Maria Antonieta, com a diferença de que a rainha jovem não tinha consciência do que estava dizendo, pois não conhecia outros mundos. Ela, que comia brioche e madeleines, era rica de berço, e a frase deve ter lhe saído espontânea. Mas não tira sua gravidade. Estou sendo severo demais? Talvez. Já fomos companheiros (não de Maria Antonieta) e houve até ameaça de namoro quando eu era jovem — e ela também, claro, mas um pouco mais velha que eu. Depois ela foi me decepcionando ao longo da vida. Mas não é um problema pessoal: é choque de visões de mundo.

Que ela fique com sua soberba auto-imagem, volto ao lavrador. Na base, em comum, o trabalho diário. Literatura não existiria sem muito trabalho. Vocações e talentos se perderiam sem ele — e se perdem, em tantos casos. Criando sulcos no solo, preparando o terreno para plantação e plantando, o lavrador escreve na terra. São letras e frases e hieróglifos que não conseguimos ler, uma outra linguagem, embora bíblica de tão antiga. E na colheita, colhe seus frutos, que vão para os outros — livro escrito por ele e lido pelos outros. Mas sinto que estou forçando a comparação e acho que já passei a idéia que queria passar. Escrever na página em branco é uma forma de plantar? E vai tudo por água abaixo, pois não tenho o que colher. Sou um escritor sem leitores. Pobrezinho de mim: por favor, me leiam. Quando eu crescer quero ficar famoso. Como o artista de cinema. Escritor querer leitores é como cantor ou ator querer público — e palmas. Reduzindo: necessidade de ser aceito e admirado pelos outros. Reduzindo mais ainda (psicanaliticamente): filho querendo a aceitação do pai. (E da mãe, não? Também, quem sabe.) Mais revolucionário mesmo seria escrever e NÃO publicar? Não, não vou publicar minhas mil páginas escondidas em baús espalhados pelo mundo. É a vingança do silêncio, a vingança contra o excesso de barulho e vaidade espalhados pelo mundo. Planto e como eu mesmo meus frutos.

Chega a hora em que começo a ficar pouco inteligente (mas que preocupação!) e a pedir desculpas por isso. Desculpe-me por escrever bobagem, me perdoe se não sou genial, não leve a mal minhas mal traçadas linhas (*apud* Stanislaw Ponte Preta) — e assim por diante. Pois bem: desculpe, coisa nenhuma; sou pateta de nascença pois, se nunca me conheci até hoje, o que serei se não pateta? Pateta e tonto, bobo e burro — será que nunca serei gênio? Jornada de um imbecil até o entendimento. E quando ele (se) entende, está próximo do fim e morre.

(Atenção, a menos-valia emocional e a depressão rondam a minha porta. Se continuar assim, elas acabam entrando de vez.)

Depressão, não. Mudar de parágrafo e de assunto.
Mas eis que o assunto se esgota?
Tanto o assunto quanto a falta de assunto são inesgotáveis. É um saco sem fundo. Nele tudo cabe e tudo cai e sai. Enquanto escrevo este diário, não escrevo contos, poemas, ensaios, romances. Volta à velha suspeita: não estarei perdendo tempo? Dilema atroz, "diadema retrós". Um diário todos os dias é algo de inconcebível. Terá falhas, ausências. Tenho escrito todos os dias. Mas no passado não escrevia e agora parto em busca do tempo perdido. E no futuro, quem sabe. Falar através de clichês: meu passado me condena; o futuro a Deus pertence; minha vida daria um romance; antes tarde do que nunca; bons olhos o vejam; a marquesa saiu às seis horas; o mordomo é o principal suspeito; se me perdoem a falsa modéstia — e assim por diante.

As transparências enganam.
Boa maneira de não dizer nada.
Acabo escrevendo um "noveau roman".
Ironia. Usei de ironia. Às vezes sou muito irônico. Debochado, como se dizia em Aldara. Ironia é uma faca de dois gumes, ou de dois legumes? Pode ser independência de espírito, uma forma de criticar a sociedade — mas pode ser também um mecanismo compensatório, válvula de escape de alguma rejeição ou ressentimento. Tomar cuidado para não ser ressentido. É um sentimento pequeno. Será que quando falei em Cassandra eu não me revelei ressentido? Não sei. Mas às vezes devo ter meus sentimentos pequenos. Infelizmente, sem ironia.
Infelizmente o quê?
Ah!, por hoje encerro este diário.
Inauguro a data do próximo dia:

16 de julho de 1986 (Quarta)

E fico por aqui.
Vou ali e volto já.

LIVRO IV

A INVENÇÃO DA INFÂNCIA

"Perde-se muito tempo à procura de um passado que desejaríamos existisse, mas que nunca existiu. Perde-se muito tempo com uma biografia que não nos agrada. Por que não pensar numa biografia de um futuro que no máximo pode ser ilusória e no mínimo uma esperança."

Samuel Rawet

1
A PORTA

No entanto.
Bem, por enquanto João do Silêncio ainda não morreu.
Aliás, ele nem nasceu, a não ser antes, em meio ao silêncio ruidoso da selva (liberdade poética?), lembram?
Nascerá aqui, dentro de pouco tempo.
Ou não.
No entanto.
Bem, por enquanto...
Não sei quem é Germaine Tillion. Nem imagino, e nem preciso perguntar (alguém aí sabe?), pois isso não tem a menor importância para o desenrolar-e-enrolar(-se) da nossa história.
Encontrei nas pastas com textos e anotações de João de Silêncio, entre tantas enviadas por Jean-Luc Carpeaux,[*] o diretor da sociedade de detetives literários, numa ficha amarela com linhas azuis, rasgado na parte de cima e de baixo, a seguinte consideração, atribuída a tal madame (ou seria Mlle?) Tillion:
"Existem dois tipos de pessoas: aquelas que, quando batem à sua porta, não a abrem porque não estão esperando ninguém; e aquelas que a abrem, exatamente porque não esperam ninguém, uma vez que a porta é para ser aberta."

---

[*] Foi graças aos relatórios e pastas de originais recolhidos pela Agência de Busca e Recuperação de Autores e Livros Perdidos (ABRALP), situada em Paris, França, e dirigida pelo Dr. Jean-Luc Carpeaux-Maigret, que se tornou possível a existência de todos os títulos da Trilogia de Aldara (Vide "Confidencial", parte inicial de *O país dos Ponteiros desencontrados* (Agir, 2004).

A porta.

Estou diante de uma porta fechada.

Estou diante de uma porta fechada à espera do grande teste: quem estará do outro lado, qual o tipo de pessoa (*apud* M. Tillion)?

Meu amigo Franzkafka acabou me convencendo e descobri o paradeiro do Sr. Manduca Gonzáles. Estou à procura de João do Silêncio, o próprio em carne e osso, ou restos, pistas que me remetam a ele.

Chego ao endereço anotado.

Estou em frente à porta.

E o sr. Manduca Gonzáles pode ser um ou outro.

Toco a campainha e descubro que ele se encaixa naquele tipo de pessoa que... abre a porta quando não está esperando ninguém.

Não vou descrevê-lo, como se faz nos velhos romances; prefiro registrar minha primeira impressão: o sr. Manduca tinha duas nuvens nos lugar dos olhos, olhos-nuvens que pareciam pairar sobre seu entorno, sobre sua realidade imediata, sobre a vida, o mundo e sobre mim, seu novo e inesperado interlocutor.

Com alguns minutos de conversa, descartei a possibilidade de ele próprio ser ou ter sido João do Silêncio. Pois ele era

"um homem mergulhado nos fatos, ou que procurava mergulhar nos fatos, tão mergulhado que estava quase identificado com eles, anulado por eles, tão imbricado que eles se desvaneciam e o que permanecia era quase uma abstração. De que é feito um homem? De atos? De intenções? De um passado? Ou de uma ficção criada pelos outros, volúvel como uma sombra de animal a se deslocar em imprevistos?"*

O sr. Manduka Gonzáles era quase uma abstração, pairando nas nuvens de seus próprios olhos cansados.

Restava a mim embarcar naquelas vagas nuvens ou tentar trazê-las à terra, para ali, pertinho de mim...

---

* Citação (de livro incerto) de Samuel Rawet. (N. do E.)

Não, ele não era, nem tinha sido, em alguma época misteriosa de sua vida, João do Silêncio. O sr. Manduka Gonzáles parecia não ter mistérios no rosto e na consciência, e só conseguia desembarcar de suas duas nuvens quando, provocado por mim. (Não conseguia lembrar da infância de nenhum amigo que fosse João do Silêncio? Falasse de sua própria infância: por que não pensar numa "biografia de um futuro que no máximo pode ser ilusória e no mínimo uma esperança".)[*]

Pôs-se então a se lembrar em voz alta de quando era, ele (mas seria ele mesmo?), uma criança perdida no tempo.

....

— Como e por que você quer que eu conte minha história, mesmo sabendo que eu não sou nem fui João do Silêncio?

Os olhos parados no ar, duas nuvens, procurando se pendurar em algum fio, algum ramo que se lhe acendesse a lembrança. Depois:

— Já disse, não disse que tenho 194 anos? A minha memória *me* esquece. Ainda tenho as palavras, mas não tenho o significado que elas um dia tiveram.

E o velho recolheu-se no que parecia, por dentro, uma posição de Buda. Mas em seguida, ressurgia das brumas de si mesmo:

— Se alguém quiser saber sobre a minha vida, terá de inventá-la. Várias vezes. Uma biografia? No mínimo cinco. E quanto menos dados melhor; quanto mais imaginação, maior a verdade; quanto mais ficções, melhor será minha biografia.

E parou, como se esperasse o impacto de suas palavras. Logo:

— Porque eu não tive uma vida; tive várias... e sobre elas minha memória vem me esquecendo...

---

[*] Idem.

2
ERA UMA VEZ, SIM,

era, uma vez ou mais, um país desconhecido, uma país desconhecido que não se conhecia a si mesmo, país como uma criança que cresceu demais, desengonçado, espinhas no rosto, disperso, espalhado, que se compunha de terras extensíssimas, muitas delas ignotas, devolutas, distantes e intocadas terras...
Um país baldio.
Possuía ainda dez, cem, mil florestas indevassadas, repletas de fios e frios invisíveis aos olhos dos brancos. Terras, enfim, e rios, enfim, a existirem então em segredo, fora dos mapas, por isso incompletos, e, assim como os bichos, as árvores, floras e faunas, a acolher muitas e muitas nações indígenas no território que já fora chamado por cronistas d'antanho de Inferno Verde. No antigamente dos tempos, quando não se tinha curiosidade nem intenção de se descobrir um pouco mais do país — a não ser para ferir a terra de morte e dela extrair riquezas ou escravizar e matar índios.
Mas eis que do lado de cá, dos brasileiros "europeus" das cidades, havia alguns homens decididos, bravos e tenazes, dispostos a não matar ninguém, muito menos índios, além de descobrir e colocar nos mapas alguns rios e regiões.
Esta é a história da infância e da mocidade de um destes bravos. Sim, se alguém escrevesse uma odisséia destas terras todas, deste país todo, não haveria melhor personagem-guia do que o futuro Criador de Aldara e da Caverna dos Meninos. Mas que ninguém se assuste, não é odisséia o que se pretende, embora sua vida adulta esteja recheada de odisséias. Nem uma rapsódia — talvez um modesto rondó — e sim uma simples narrativa ficcional de fundo histórico.

De fundo, lá no fundo.
A história/estória que se vai ler, sem maiores mistérios, claro, é a de um destes audazes aldarenses, conhecido, no caso, apenas como (nome a preencher...).

Como era ele? Era de estatura média, testa larga, fisionomia distinta que revelava seu sangue indígena; traços finos, no entanto, olhos amendoados, queixo delgado; pele escura, da mistura do sangue materno, de terena e bororo e guaná e luso-espanhol (portanto mouro).

E quem era ...(nome suposto)?

Na infância e adolescência, desbravador de matas virgens e fechadas em copas no alto das árvores igualmente altivas, amigo e pacificador dos índios acuados, cavalheiro andante das matas, de mula, a pé ou a cavalo, herói involuntário da nação aldarense e grande chefe de tantas nações indígenas, todas com nomes esquisitos (esquisitos, para nós, claro): Kapi-krinauts, Kapiquiri-uats, Taiópas, Tgnanis, Cocozus, Nhambiquara, Parecis, Urumis, Ariquemes, Barbados e outras. Foi numa aldeia Bororo que ele ouviu uma recepção cantada, que dizia assim:

> Ao passar, ao passar no seu cavalo,
> Toda a iutura (mata) refloresceu.
> Mil festas aconteceram na baha (aldeia)
> Quando o grande chefe apareceu.
> Ele é mais forte do que o buque (tamanduá-bandeira)
> E do que o bravo adugo-xoreu (onça negra)
> Dele treme o buterico (dragão)
> Que nos astros se escondeu, se escondeu.
> Frecha d'índio não consegue atingi-lo
> Nem jure (sucuri) jamais o abraçará.

Parece que nossos índios, muito antes dos brancos, foram os primeiros a reconhecer o valor do nosso herói.

3
PROVÉRBIO TUPI

"*Ixá itimanhã xá iço! Ce ára uirpe ita arama.*"
("*Não vim ao mundo para ser pedra.*")

4
COMO UMA FLECHA

Tenho duzentos anos, não disse? Um pouco menos: cento e noventa e poucos, noventa e qualquer coisa. Faz diferença? Sim, 194 anos, daqui a pouco partirei para a "terra sem males", ou para aroejara, que é como os índios chamam a "morada da alma". É uma pequena eternidade, convenhamos, 194 anos. Mas a vida passa rápida como um flecha, distâncias e seres tocados e vividos, aproximados, medidos, percorridos e corridos, idas e vindas — eis a vida.

Zás! — passou!

Para onde foi, para onde irá?

Morada, memória talvez que outros chamariam de aventura de uma vida vivida que valeu a pena, valeu a vida. Prefiro chamar todos estes quase dois séculos de trajetória e risco. De um e outro fiz minha vida. Sim, vivi muita coisa e o céu também, como "civilizado" e "educado". Lutador, sempre cultuei a paz. Às vezes pelas circunstâncias, fui um pacifista armado, mas minha arma só foi acionada para caça e alimento; mirando homem, não.

Sempre procurei ser a mesma pessoa (o que não é verdade, mas não faz mal), fosse quando passava pelos corredores e gabinetes dos governantes, fosse quando pisava o chão de folhas e húmus da floresta, ou quando entrava como amigo das ocas indígenas, nos maus quartiers e palácios europeus etc. Conversei com ministros, presidentes e reis; bandidos, ladrões e assassinos; convivi com peões, matutos, malfeitores, soldados e pajés e índios, muitos índios, e poetas e loucos. Tratava as autoridades com naturalidade e os índios com certa cumplicidade, aos sonhadores como irmãos.

Mas é claro, só quem não vive não corre riscos. Corri os meus. Passei por adversidades, coisas da vida que tive e da natureza que me cercou.

Peguei algumas doenças que acometem o bicho-homem nos trópicos, como a cólera e a malária. Além de despertar a ira dos bichos e dos homens. Já disse que matei animais, feras, ou em legítima defesa ou por necessidade, que comer é preciso. Nem sempre saí ileso dessas refregas. Como exemplo — e é um exemplo que carrego comigo até hoje — lembro meu encontro com as piranhas. Depois de uma longa marcha pela selva, fizemos uma pausa na beira de um rio.

Foi em 1908. Mergulhei, como fazia sempre. E elas atacaram. Ou teria sido apenas uma? Não faz diferença, pois ela ou elas acabaram se alimentando de um dedo do meu pé. Sofreria outras mordidas daqueles peixinhos danados e velozes, mas aquela me deixou sem um dedo pela vida afora.

Através de cem, mil rios escondidos, e de cem, mil florestas fechadas aos homens, e tantas e tantas feras e pássaros coloridos, de tantas e tantas doenças e deserções, fui encontrando índios que nos recebiam com flechas ou com sorrisos de curiosidade, de início assustados e ariscos, quase nunca agressivos. E éramos nós que invadíamos o território deles. E eles apenas reagiam e, assustados e desconfiados frente ao desconhecidos que éramos nós.

Ou não? Talvez eu esteja misturando as coisas, que o tempo é bom cozinheiro.

A floresta parecia ter suas próprias concepções das palavras: o amor era amor à natureza; a ordem, a harmonia entre ambiente e indígenas; e o progresso, bem, talvez apenas viver para sobreviver, esperando a entrada na "terra sem males".

É coisa da idade, meu filho: talvez divague. Ou coloco a carroça na frente dos bois, que aliás já devem ter morrido há muitos anos. Muita gente me diz que minha já bissecular vida daria um romance, como se diz, e talvez um romance de mil páginas. Eu mesmo não digo nada semelhante, nem consigo me ver como personagem ou muito menos herói. Além disso — e principalmente — desgosto das banalidades desta suposição: qualquer vida humana daria um romance, desde que escrita por um... romancista. Ora, não o sou, tenho certeza (e aqui não estou sendo modesto nem mentindo); de escrever só exercitei minha mão na redação de centenas de relatórios e cartas e discursos, escritores sem alma ou imaginação, ao contrário do que se vê ou se lê nos romances.

5
OS DIAS E AS NOITES

A vida de João do Silêncio, era preciso que alguém a contasse, que se lhe contasse, contasse um mais, um mais um, os fragmentos pelo menos, e não vai do começo ao fim como qualquer ou todas as vidas, talvez do fim ao começo, por várias razões:
1. ele mesmo, nem outro em seu lugar nunca se/o proclamou morto (se não levarmos em conta sua *Biografia biodesagradável*, uma qualquer poesia, isto é, algo de altamente suspeito cientificamente);
2. não temos nós o direito de fazê-lo morrer, da mesma forma como não temos o direito de proclamá-lo nascido — mas mesmo assim...

A vida de João do Silêncio é uma sucessão de fragmentos que se re-fazem em um fragmento só, enorme e minúsculo, como qualquer fragmento, dependendo do lado do telescópio que o observamos. Ou do binóculo. Ou da... da... — o que seja.

Já vimos que ele nasceu, uma espécie de capítulo de sua própria obra denominada *História geral dos dias e das noites*. Os dias e as noites que são caminhos ou sendas por onde se percorre qualquer vida, veredas — tudo, tudo acontece e não acontece nesta veredas-avenidas de claro-e-escuro, sombra-e-sol.

Mas antes de contá-lo mais faz de conta que somos interrompidos por uma campainha de telefone. Ou por uma bala perdida — felizmente lá fora, na rua. Ou por qualquer coisa, enfim.

Qualquer coisa chamada vida, e não literatura.

6
"NÃO SOU LITERATURA"

Não é que ia me esquecendo de dizer que eu nasci?
Ah!, já disse?!
Distração da idade: não se vive 94 ou 194 anos, nem sei, sem um desgaste geral, um pouco na pele, um pouquinho aqui nos olhos, outro ali na memória etc. E para ser sincero, não é só isso: é uma dificuldade natural que eu tenho de falar de mim mesmo. Some-se a isso a ansiedade de lembrar a vida nas selvas, a vida de contos, contas e coisas que de fato importaram na minha vida — os acontecimentos e não eu.

Está bem, preciso reconhecer que ter nascido também constitui um acontecimento. É só fazer um esforço de memória e me lembrar que nasci na antiga Sesmaria do Morro Redondo, também chamada de Mimoso, no estado de Livramento do Sul, no dia cinco de maio de 1865, em plena Aldara Imperial. E, se acrescentasse que deu-se, o nascimento, num ranchinho de palha, poderia parecer coisa de música sertaneja, não é? Mas essa simples menção, creio eu, dá um ar de simplicidade quase bucólica, quase bíblica ao meu nascimento, não acha? No mesmo local, muitos e muitos anos depois, tão "depois" quanto a Grécia Antiga dos dias de hoje, inaugurei a Caverna dos Meninos.

Falei em bíblica? Bem, as Pragas do Egito e a Ira de Deus também estão escritas na Bíblia. Falei em Grécia Antiga? Bem, as Pragas da Grécia e as Graças dos Deuses estão escritos no Livro das Sabedorias e dos Mitos.

Pouco antes de eu nascer, duas pragas se abateram sobre o interior de Livramento do Sul. A primeira foi a invasão de um ditador paraguaio — era a Guerra do Paraguai. A segunda praga, mais terrível porque mais invisível, foi uma epidemia de varíola que assolou

Mimoso, desprovida então, como se pode facilmente prever, de remédios e médicos.

Anos de cólera, sim: uma das primeiras vítimas foi meu próprio pai, homônimo meu. Ele nem mesmo conseguiu assistir ao nascimento do seu primeiro e único filho. Faleceu aquele que era mas não seria meu pai no final de 1864; antes, preocupado com o meu destino ainda por viver, ele escreveu a seu irmão Octacílio, que morava em Livramento:

"...não o deixe em Mimoso. Mande buscá-lo e salve-o da ignorância triste em que jazem os filhos dos mimosianos. Aqui em Mimoso, ele será um pastor ou vaqueiro ignorante; na cidade, poderá preparar-se para melhor...."

Mas meu pobre pai não contava, dois anos depois, com a morte da minha mãe; e menos ainda com a teimosia do meu avô.

Destino — ah, até hoje me pergunto sobre o significado desta palavra! Destino de cada um, destino que te empurra, cada qual com seu destino — quem mesmo traça o destino desatino?

Por falar nisso, não atino com sua necessidade de que eu conte a minha estória.

Não sou literatura, sou talvez uma aventura — ou fui. Várias aventuras, aliás as estórias sempre me entraram pelos ouvidos. Os olhos ficavam disponíveis para a imaginação. Foi assim que eu me criei e me formei. Literatura era minha velha avó índia me contando estórias, lendas e mitos do seu povo. De uma me lembro bem, a força de carregá-la comigo como uma espécie, digamos assim, de cartilha sobre os relacionamentos... humanos, tudo através de

7
UMA HISTÓRIA DE ONÇA E VEADO

Pois a onça e o veado, cansados da agressividade na sociedade dos bichos, resolveram morar juntos na mesma toca. Como eles se respeitavam mutuamente, era meio caminho andado.

Viviam assim, em paz, sob o mesmo teto.

Combinaram que cada dia um sairia para caçar e trazer a comida para casa.

No dia da onça sair em campo, ela foi e conseguiu matar um veado; entregou-o ao companheiro para que ele preparasse o jantar.

O veado não disse nada. Preparou a comida e — bem, a verdade é que ficou muito apreensivo.

Dias depois, foi a vez do veado sair à caça.

Andou, andou e, fosse intencional ou não, com a ajuda de seu amigo tamanduá, acabou matando uma onça.

Chegou em casa e ofereceu-a como próxima refeição à sua companheira.

Que, aliás, tampouco se deu por achada. Preparou a comida e — bem também ela ficou bastante apreensiva.

A vida continuou, mas dali em diante não tiveram, nem o veado nem a onça, mais sossego.

Viviam a se espreitar, desconfiados e atentos.

Até que um dia, ou melhor, uma noite, o primeiro ruído que um deles fez lá no seu canto, o outro, num átimo, rápido com um relâmpago, pulou da cama e aí então eram os dois, apavorados, fugindo, no meio da floresta e da noite, cada qual para um lado.

8
"A MEMÓRIA ME LEMBROU"

Mestre Manduca Gonzáles finalmente reconheceu, se lembrou ("a memória me lembrou", na sua maneira de dizer) da existência de "um João, Joãozinho, que saiu da Caverna dos Meninos sem aviso ou despedida, fujão".

— Foi antes de suas aventuras, que aqui viraram lenda, em busca do tal Pássaro de Ouro. Depois, parece que ele saiu de Aldara para nunca mais voltar. Eu, pelo menos, não ouvi mais falar dele.

— E como é que ele era? — pergunta o Narrador.

— Agora a memória me esqueceu de novo — responde Mestre Manduca, voz e olhar cansados, com as nuvens de volta. — Parece que... Bem... Se não me engano, foi aquele Joãozinho que nasceu no meio da selva, e, sem pai nem mãe, foi criado na Caverna, e que custou muito a começar a falar, já grandinho, dizia sempre que era filho de um rei... O resto são fragmentos de nuvens na minha cabeça e vosmecê vai me desculpar que tá na hora de eu me recolher....

* * * * * *

Do passado longínquo no meio das selvas, alguma coisa deve ter permanecido no espírito sofisticado, de cidadão do mundo e "celebridade anônima" do João do Silêncio adulto, imprimindo igualmente seus traços em trechos diversos — e inesperados, muitas vezes — de sua bibliografia, real ou imaginária. É o caso (pelo menos o que explicaria, numa espécie de crítica genética, digamos) de alguns textos, que constam entre as mil e uma histórias incluídas no livro mais famoso (e contraditoriamente, inédito, segundo sua vontade) de João do Silêncio, que é *História geral dos dias e das noites.*

Como "A segunda boca" — sobre a dificuldade de nascer e a impossibilidade de falar.

9
A SEGUNDA BOCA

"Canta, canta o mutum no fundo da selva — e no meio da noite o mutum só canta quando o Cruzeiro do Sul atinge o alto do céu; e canta também ao romper da aurora.

Fazia muito frio — por conta da aranha, que aranha é dona do frio: ela guarda seus ventos e arrepios num pequeno frasco e quando sente vontade solta eles, como agora, noturno, a cortar as folhas, as árvores, os bichos, os homens.

Homens como Kristho, que dormia, sonhando ou lembrando vagamente os tempos em que era um anãozinho de cabelos cor de fogo.

No dia seguinte, o frio voltou para o pequeno frasco e chegou o calor, sol atravessando a mata e esquentando até os peixes do rio.

Kristho suava como o rio; sua pele chorava gotas a deslizar pelo corpo. Com tanto calor, Kristho pegou uma folha de tabaco (que escondia em local alto) e passou a folha de tabaco pelo corpo todo, aliviando o suor.

Mas a mulher de Kristho descobriu onde ele escondia a folha, que ela era proibida de tocar; apanhou-a e passou a folha de tabaco pelo corpo todo para aliviar o calor.

Dali a algum tempo ela estava grávida.

Kristho percebeu, discutiu e acabou compreendendo.

Mas, quanto mais a barriga da mulher crescia, mais crescia sua preocupação.

Ora, quando o filho ficasse maduro lá dentro dela seria preciso uma portinha para a vida; e Kristho sabia muito bem que a mulher não tinha nada naquele lugar do corpo onde nascem os bebês — nada, só carne, osso e pele.

Kristho pensou, pensou, pensou e resolveu levá-la até a beira do rio. Mandou que ela se deitasse enquanto ele pescava. Pescou um aracu. Segurou o aracu ainda vivo e colocou-o entre as pernas da mulher. Ela se mexeu toda, sentiu um arrepio e uma fisgada. A mordida do aracu fez um buraco. Mas seria insuficiente: buraco pequeno, nenhum bebê passaria por ali.

Kristho coçou a cabeça e pescou de novo.

Dali a algum tempo pegou um jamundá. Ainda bem vivo, aproximou o jamundá do ponto de encontro das pernas da mulher; peixe mordeu, a mulher gritou. Então, sim: fenda foi bem maior: podia passar criança por ela.

Pois de fato, passou, muitas luas depois quando Kowai nasceu.

Kristho, porém, não viu mais a criança forte, arisca — não via porque a mãe não deixava: teimou esconder o filho dele.

Era o filho invisível.

Muitos frios e muitos calores se passaram. E Kowai cresceu.

Aí então aconteceu: Kristho e Kowai se encontraram, parados, frente a frente.

Foi quando Kristho descobriu que Kowai não podia nem falar nem sorrir: o moleque não tinha boca.

Kristho não sabia o que dizer; foi falando nome de bicho anta, preguiça, tapir, veado, onça, taiaçu, tamanduá, capivara. Kowai não dizia nada, só acenava com a cabeça, olhos e ouvidos.

Com a cabeça e com os olhos pode-se falar, mas não se pode dizer nada, pensou Kristho, olhando o menino sem boca.

Aproximou-se e desenhou, traçou, rasgou uma boca no rosto de Kowai. Depois, olhou, olhou e concluiu que não estava bem: rasgara a boca do menino no sentido vertical. Não teve dúvidas: costurou-a, fechando-a direitinho. Continuou a operação: desenhou, traçou, rasgou uma segunda e nova boca, desta vez, horizontal. (Por isso o homem tem aquele sulco que vai da base do nariz ao lábio até hoje: é a cicatriz da primeira boca.)

E daquele dia em diante Kowai começou a falar."

(De História geral dos dias e das noites)

10
CHEGA

Mas chega.
    Chega de história,
    chega de mitologia,
    chega de política,
    chega de literatura,
    chega de..

LIVRO V

DIÁRIO DE UM ESCRITOR INVISÍVEL
(1)

16 de julho de 1986 (Quarta)

Quarta-feira já começou. Roteiro do dia: análise, entregar livros na biblioteca, ir até a revista, voltar pra casa, escrever para variar um pouco.

Sensação de que ando vivendo fora da realidade. Escrever é se fechar num quarto? E a vida que corre lá fora independente de nós? Não dá para fazer as duas coisas ao mesmo tempo, viver e escrever? São tudo sensações. Que chegam e partem. Mas que às vezes ficam dando voltas dentro da cabeça. Este é o diário de minha cabeça. Com tudo que nela entra e sai. Uma cabeça tranqüila e em polvorosa, paz dos campos e janela, a vida fervendo lá fora. Como conciliar? Não devo me preocupar. Não é hora. É a hora do lobo. Falo sério ou faço graça? Nem uma coisa, nem outra. Meu Deus, qual a expansão do meu medo? Viver dá medo. Não tem saída, só fuga. Ou aceitar o medo e não ter mais medo. É o que eu vou fazer. Faz parte da vida. Não, não, não me fale em morte. Quem se suicida são os outros. A depressão insiste, sonda e ronda a minha cabeça.

Xô! vai embora deprê — eu e meu medo, que é preferível.

Como enfrentarei os próximos minutos?

Leio, atraído quase sempre e distraído às vezes, algumas páginas de *Os frutos de ouro*. É literatura "literária", prosa poética, como se a própria autora se surpreendesse por estar escrevendo tão bem. Não desgosto, a magia da linguagem me faz cúmplice dele — mas que não se pergunte depois desse prazer inicial: e daí? Aonde a autora quer chegar? E precisa-se chegar a alguma coisa? É um romance sobre o momento em que se escreve o romance. Talvez não mais do que isso. Observar a intenção e o projeto do romance, de cada livro. E ler, apenas. Tão simples. Continuo a ler. A narradora (ou autor) vai e vem:

Os frutos de ouro, afirma, é um grande livro. Não se fala em outra coisa. Fulano não gostou: é hermético. Sicrano o considera o maior livro dos últimos anos. Ameaça fazer a crônica e a crítica dos meios literários (parisienses), mas gira mais em torno do próprio umbigo do romance: um romance chamado *Os frutos de ouro.* A narrativa é circular ou em espiral, a linguagem preocupando-se com ela mesma. Como se literatura nascesse da própria literatura e a ela se dirigisse. Circuito fechado. Como a gafieira do velho samba: quem está dentro não sai, quem está fora não entra. Deduzo (sem concluir): existe literatura "literária" e literatura vital, linguagem que se narra a si mesma e linguagem que narra os outros, que conta, narra/ação. Sarraute e Hemingway, Clarice e Dionélyo, Borges e Rulfo — se bem que esta oposição nunca é completa, definitiva, as coisas se misturam, existe ação subjacente à linguagem e existe a linguagem que carrega a ação. No fundo, a questão do realismo é que tudo parece se definir a partir dele: ser ou não ser realista. (Realismo no sentido amplo. Como há trechos realistas na *Odisséia.*) São considerações à beira do caminho. Considerações gerais de um romancista preocupado com o específico. Querendo saber o que é o romance. Ou o que são os romances.

    Cheguei em casa. Meu filho teve febre. Ontem lia em silêncio no meu escritório quando, a uma e tanto da manhã, a porta se abriu — levei um susto — e era ele, com voz decidida: "Paiê, eu quero leite!" Depois custou a dormir. Cheguei a perceber o rosado de suas faces. Já devia estar sentindo alguma coisa. O que será? Não parece gripe. Alguma infecção? D. Maria deu AAS, mas ele ainda está meio jururu. Aguardar a mãe dele chegar; não tem nada que eu possa fazer.

    Escrevi, ainda ontem de madrugada, um pequeno texto que intitulei de "Este é um conto chamado 'Ninguém'". É meio lúdico, um mini e metaconto (talvez assim eu me explique); pelo seu tom e pelo que é, não se encaixaria no livro que tenho em andamento e na gaveta, por isso pensei em transcrevê-lo aqui. É só uma lauda. Mas depois que ouvi Narciso falar sobre *Alma-de-Gato* (gostou das partes com reflexão sobre a vida e das partes de ação; o livro todo deixou-o surpreso, a ponto de eu não perceber, enfim, se gostou ou não) me ocorreu aproveitar o texto no livro. Já o reescrevi duas vezes. Mudei o título para "Esta é uma história chamada 'Ninguém'" — pensei em incluí-la à parte, como um dos "livros" do livro, Livro III, por exemplo, contrabalançando assim com um dado de surpresa às tantas e tantas laudas das demais partes. Ainda não sei se pode funcionar ou se desequilibrará mais ainda o balanço da estrutura — a espinha dorsal do livro. Uma espinha meio torta ou descontínua, talvez, mas que haverá de resultar no que seja; haverá de ser o que eu (o próprio livro) consegui. O pequeno texto seria a parte atribuída a Flávio Vian, com uma epígrafe dele mesmo, inventada: "Entre o barulho e o silêncio, escolho o silêncio. Busco o mistério." Pensar ainda, não estou convencido de acrescentar o texto ao livro. E eu que pensava que *Alma-de-Gato* tinha terminado. Mais um capítulo. A se resolver.

Me esqueci que os livros não terminam.

Mais um capítulo, longo, interminável, é o presente diário. Percebi hoje depois do encontro com Narciso (ele falou como eu me exponho no livro; a coragem de falar certas coisas) que o processo (psicológico? Acho que sim) que me levou a escrever *Alma-de-Gato* é o mesmo que está me movendo a manter este diário — o mesmo, transformado. Não sendo ficção, me exponho aqui mais ainda, sem o aparato protetor do narrador ou / e dos personagens. "Nu e de mão no bolso" é um título — e continuo eu aqui me despindo, tirando as máscaras, cada vez mais "nu e de mão no bolso" ou sem mão no bolso, os braços estirados ao longo do corpo, indefeso. O mesmo processo — um momento ou período que estou atravessando, sem régua, sem compasso, sem nau, sem rumo. Mas me preocupa isso de eu me expor demais, como se não soubesse os limites, a medida certa, justa dosagem. Abrir os braços e a cabeça e o coração — abrir os flancos, baixar a guarda é se tornar vulnerável. Minha fraqueza será minha fortaleza? Este diário seria um prato cheio para meus inimigos (minha "paranóia" os tem criado ao longo da vida; alguns chegam mesmo a existir). Mas que descansem em paz. Meus inimigos — se os criei, me arrependo; se surgiram por conta deles, nada posso fazer. Mais grave é que eu próprio tantas vezes tenho agido ou agi como inimigo de mim mesmo. Destas brigas, só perdi. Briga ruim, inútil. E continuo me expondo. Pensei há pouco: será que por ser tão resguardado, tão fechado e "protegido" a vida toda, chegou a hora de me soltar, com certa tendência ao exagero? Antes, tão pouco; agora demais. De tanta água represada no grande rio interno, o dique não agüentou e se rompeu e inundou a cidade. Junto com as águas, vou eu, náufrago e sobrevivente. Diário de um náufrago. Diário de um sobrevivente. Diário a bordo da minha cabeça. Poderiam ser títulos. Mas me fixei em "Diário Estrangeiro" a primeira vez que pensei num diário como livro. Gosto de *Diário a bordo da minha cabeça* — lembra diário de bordo, insinua viagem e dá sua origem, pois tudo não parte da minha cabeça? Pelo menos através dela (a emoção deve se situar em outro lugar do corpo). Ou *Diário de bordo de mim mesmo*? Mais individualizado ainda, não é bom. Pois então, confessar: se pensas num título é porque manténs um olho na publicação, não é? Confesso... que sim e não. Principalmente não. É só uma idéia. A idéia de livro sempre me perseguiu e me fascinou. É mais forte que eu. Sou livromaníaco. Quando estou angustiado, entro numa livraria e melhoro. Minha mente se excita infantilmente, como se visse na minha frente dezenas de possibilidades de outras vidas e mundos (que não os meus) ou a própria sabedoria da vida. Bastaria ler aquele e aquele livro para aprender a viver. E o leio e, como um livro só não nos ensina a viver, lemos outro e mais outro. É interminável. Coisa de maníaco. Não vivo 24 horas sem um livro. É anormal.

Falar em livro, revi a primeira parte de *Alma-de-gato*. Centésima vez. Alguns cortes. Acho que ainda não está no ponto. Rever mais tarde. Cortar tudo que soe falso, "gorduras" de estilo. Aparar ou reescrever tudo. Ainda dá para melhorar.

Meu filho continua com febre. Estou preocupado. E a mãe dele que não chega. E estou preocupado com ele para continuar escrevendo.

Por improvidência, não tenho o telefone do pediatra. E se acontecer alguma coisa? Deus nos livre. Nestas horas viro cristão. Sim, que Deus o proteja. Chegou a mãe dele... Concluiu que deve ser garganta, acha que não precisa ligar para o pediatra.

"E *Os frutos de ouro*"? — pergunta a narradora o tempo todo.

Terminei de ler. Confirma as impressões iniciais: escrevendo um romance sobre o romance, Sarraute é escritora para escritores. Trechos bonitos. Não classificaria o livro como romance: é uma narrativa, quase prosa poética. Menos ficção e mais a magia das palavras, frases, linguagem. A narradora às vezes parece dialogar com a própria narração, a hora em que a narrativa nasce. E o leitor quase pega em flagrante a escritora escrevendo seu livro. Curioso. E belo. Escrever é um jogo de armar; poesia, o próprio ato de escrever.

Chega de literatura.

Mas o que fazer se ela me persegue com uma pertinácia e obsessão cotidiana e constante e interminável? Fora da literatura não há salvação. Mas há certas palavras que eu não agüento, não gosto: "literato", "metaliteratura" (o que Sarraute faz). Escritor é uma coisa vital, já ser literato é como ser funcionário público da literatura. Soa à carreira e a carreirismo, a alguém que escreve um monte de frases com palavras frouxas e usadas e bobas — escreve livros fofos e gordos. É só pensar nos literatos locais. E nos escritores de verdade.

Diário a bordo da minha cabeça.

Começa a noite e eu a entrar por ela adentro. Quer dizer: é quase meia-noite. E pulo de um assunto para o outro.

Por falta de assunto.

Mas não agora.

Agora contemplo minha falta de assunto e observo a meia-noite que chega.

Quarta-feira vai terminar.

17 de julho 1986 (Quinta)

Emendei um dia no outro ou ultrapassei isso que se chama meia-noite e continuo sentado à escrivaninha. Me preocupei em colocar a nova data aí em cima. Formalidade. Registro o fenômeno.
Um novo dia.
Que começa de noite.
E continua o anterior.
Não é sempre assim?
No intervalo, manuseei alguns livros novos, li as primeiras páginas mas não me fixei em nenhum deles. São variados: memórias, policiais, poesia e um ensaio científico. Me enclino para um policial mas hesito, pois se começar agora acabarei dormindo tarde. Mesmo assim leio algumas páginas.
Paro.
Pego a caneta.
A agenda em que escrevo continuava aberta como se me avisasse que eu ainda não havia encerrado o expediente. Diário exigente, esse, que me toma os últimos minutos da noite. O que será que ele quer de mim? Mais confissões, que eu me exponha mais ainda? Deixa eu viver, diário. Me esqueça. Não sou mais eu quem escreve entre estas linhas azuis. É minha mão. Sozinha e independente, minha mão segura a caneta e escreve. O que uma simples mão terá para dizer?
Nada.
Nem eu nem ela.
Minha cabeça emite ondas através desta mão ágil e cansada. Diário da minha cabeça. De onde fui tirar esta idéia de diário? Da minha cabeça. Ela, exigente e vigilante. Em cima do pescoço e pairando por cima das coisas, da escrivaninha, do escritório.
Ela viaja e me transporta para o exterior, Nova York, 1971. Não quero lembrar, mas ela insiste.

Não, deixa para outra hora. É muita coisa.

Não contei as duas experiências com LSD. Horas e horas com uma sensação leve, boa, quase angelical. E de repente as ameaças de terror que tentava afastar da cabeça: como uma ratazana furiosa e elétrica — ou raios que surgiam diante do focinho arreganhado, dentes à mostra, a ponto de atacar. Pronto, consegui controlar o terror. O banho de chuveiro, sentindo a água tocar nos poros. Quantas horas, cinco, seis? Me sentindo bem, usufruindo do prazer da pele e da mente ali, parados.

A mente, não, era um filme suave e solto que passava. E de repente, a sequência de horror! Nunca vou esquecer aquela ratazana. Passaram-se vinte anos e ainda não esqueci.

Desacelerar. Me preparar para dormir. Muito bem, mas como?

Minha cabeça sai de Nova York e volta ao escritório.

Noite, noite, noite.

Diminuir o ritmo...

A agenda está quase terminando. Me ocorre que este diário é uma espécie de acerto de contas comigo mesmo. Uma revisão, passar de novo por caminhos já percorridos, muro de lamentações e de saudosismo, revisão (já disse) e reciclagem. Medir o pulso da (minha) vida, as batidas do coração. Um check-up. Dizer para mim mesmo: estou vivo e foi assim que eu vivi — como viverei? Re-visão: me olhar no espelho, me olhar cara a cara, descobrir onde e por que errei e se acertei algumas vezes. Demolir o Ego e construir um outro. Ou demolir o "outro" e ser eu-mesmo. Me descobrir aos poucos, me aceitar, talvez gostar de... Eu comigo mesmo. Individualismo, narcisismo — talvez necessários agora. Eu. Dizer que eu existo. Anunciar para mim mesmo:

olha, esse aí sou eu.

E mais ninguém.

E os outros, e a vida. Passando por mim, me atingindo. Não, esse diário é íntimo demais, não deve ser publicado embora às vezes eu possa ter a fraqueza de pensar o contrário. Diário íntimo e inédito —

ninguém precisa saber que eu estou aqui nesta noite querendo dizer que eu sou eu.

É segredo.

Agora vou...

s/d

A tarde se espicha, já não se vê mais o sol, ainda há claridade: entardece, daqui a pouco anoitece — mais um dia e uma noite.

Antecipo a noite que ainda não chega como se já fosse noite dentro de mim. Que nuances metafóricas e conotações simbólicas pegam, se grudam nesta palavra rotineira e comum chamada "noite"? Por trás da palavra comum, mistérios permanentes. A noite. À noite todos os gatos são pardos. O manto da noite. A noite inconsútil do poeta. A escuridão e as estrelas — *Noturno* de Chopin. Quanto o homem não deve ter cismado, "filosofado" e "poetado" sobre seu "manto" assustador e protetor ao mesmo tempo! A solidão em *A noite* de Antonioni. Suave (?) é a noite, a noite do meu bem.

Foi durante uma sucessão de noites que o homem inventou a poesia e a filosofia — inventou a linguagem. O mito indígena da origem da noite, toda ela contida dentro de uma frutinha. Uma jaboticaba? Abriu-se o fruto e ela se esparramou pelo mundo — pelos espaços e através dos tempos. Escureceu. Noite companheira, que não falha, aparece sempre. Noite inimiga, que incita, provoca os suicidas e os desesperados.

Acolhe os solitários e os bêbados; e adormece as crianças.

Mas é tarde ainda e falo em noite. Acompanhar os últimos minutos de claridade. Acumular a luz do dia para me iluminar à noite que se aproxima com passos de gato.

Ou de puma.

Nem tarde, nem noite. Lentamente, faz-se a transformação.

"E vem descendo
    uma noite encantada" *

s/d

Essa é a última noite. Antes de amanhã de manhã quando acordar. Sou um sonâmbulo que, em vez de andar, escreve. Escreve dormindo. Quem me lerá, acordado? Os fantasmas de mim e os fantasmas dos leitores. Ora, quem disse que este diário existe?
    Não, não existe, não, e nem eu estou aqui o escrevendo.

* * * * * *

E antes que a tristeza me invada, e eu fique cantarolando Edith Piaf, Amália ou Maysa, um tal Gustave Flaubert —
    flaubert@bovary.com.fr
    — me envia um e-mail, para afastar de mim a alma-de-gato (que às vezes ela o é) do escuro da vida e me animar, com uma página do seu próprio diário, de 28 de setembro de 1870, na qual página ilustre, lúcida e generosa, ele diz:

"Parei de ser triste. Ontem, peguei meu *La tentation de Saint Antoine*. O que se pode fazer (em relação à guerra)? Precisamos nos resignar e nos render a condição natural do homem: isto é, ao mal. Nos tempos de Péricles, os gregos se entregavam à Arte, sem se preocupar de onde viria o pão do dia seguinte. Sejamos gregos! Confesso, meu caro mestre (*meu deus, ele me chamou de mestre*!), que eu me sinto mais como um selvagem… Tenho uma vontade danada,

---
* Jorge de Lima, *Poemas (Nota do Poeta)*

estúpida, animal de lutar. Explica isso se conseguir...(*Salto um trecho em que ele me fala de problemas pessoais.*) Seja o que for que vier a acontecer, um outro mundo está em formação. Mas me sinto velho demais para me adequar aos novos tempos.
Je t'embrasse
Gustave"

Sejamos gregos...
(Três pontinhos no fim da frase: o que diz essa palavra, realidade?)

* * * * * *

Dizer tudo com uma só palavra: viver.

s/d

— Nenhum nome mais literário do que o meu — me dizia Franzkafka, numa mesa de bar em plena boemia aldarense —, embora eu tenha um "dos Santos" depois do nome, como você sabe, foi capricho do meu velho pai que era leitor apaixonado de *A metamorfose* me batizar assim: Franzkafka dos Santos. E não sou nem pseudônimo, nem heterônimo, nem personagem, muito menos autor.
 Franzkafka esquivava-se de uma velha dúvida minha: não seria ele o verdadeiro autor que se escondia sob o nome ou pseudônimo ou heterônimo de João do Silêncio?
 Ele, por sua vez, morria de curiosidade para saber se *eu* era João do Silêncio. Este jogo de cão e gato se prolongou durante anos entre nós.
 ("Não tenho medo do silêncio. Eu toco mais quando eu não toco." Naná Vasconcellos.)

Uma das razões da minha suspeita eram suas sugestões e insistências para que eu ou alguém investigasse a vida deste notável e misterioso escritor: por que não escrevia eu a sua, a dele, biografia?

— Como vou escrever a biografia de quem não deixou traços além de originais esparsos e espalhados pelo mundo? — reagia eu.

("A prova é que desejava permanecer só, por uma questão elementar de coerência, tão elementar que levou muito tempo para descobri-la, tão elementar como concluir que dois homens que conversam sobre solidão não a conhecem, eles a destroem ao tentar explicá-la, e nem sequer chegam a compreender uma outra solidão que geram no mesmo instante em que iniciam o diálogo." Samuel Rawet, *Crônica de um vagabundo.*)

— Por isso mesmo — contra-argumentava ele. — Escrever uma biografia com todos os dados à disposição, com um arquivo bem organizado e tudo o mais, é fácil, é trabalho de estudioso, pesquisador ou colecionador de anedotas, burocrata da vida alheia. João do Silêncio está precisando de uma biografia inventada, criativa, única e universal.

(Estava há anos escrevendo seu próprio diário, enrolado e preso ao seu Ego autoritário. E foi ler esta frase de Henry James, que acabou se decidindo, ou melhor que alguma coisa se decidia por ele:

"Dizem-nos que a verdadeira felicidade consiste em sairmos de nós mesmos; mas não basta sairmos de nós mesmos. É preciso ficarmos de fora." *Roderick Hudson.*)

Um dia, sem querer e sem saber como nem por quê, começou.

Começou, comecei a escrever a biografia do autor de *História da filosofia acidental*, de *O país dos ponteiros desencontrados* e de *Livramento* e de tantos outros livros, inéditos, desconhecidos e... famosos.

18 de julho de 1986 (Sexta)

Maldita sexta-feira. Porque traz o sábado e o domingo, o mais cruel dos dias. (Abril é o mais cruel dos meses? Por que abril, Elliot?)
Por enquanto é um dia comum. Mas por que escrevo se não tenho nada para dizer?
Este é o diário do nada.
Nada mais.
Nada disso. *
Nada nada nada nada.
E até o próximo encontro, meu diário e escudeiro.
Enfrentaremos juntos os moinho de vento.

---

* Ó vida tão confusa e tão lidada,
ó sombra tão compacta e tão rochedo, de mim que choro que é que resta? Nada e nada e nada mais do que antecedo. (Nota de Jorge de Lima, *Invenção de Orfeu*.)

LIVRO VI

O PÁSSARO DE OURO
(1)

Autor: João do Silêncio
Obra: *História geral dos dias e das noites,* Cap. V, Volume 1, (sem editora), 1973

"Narra, narra a narrativa,
texto em (pros) seguimento:
não entra a vida com dados,
fatos, lendas e fados
marcados."

Autobiografia autobiodesagradável (1970)

Eis a aventura.

De um tal João, sim, e seus companheiros de viagem, os chamados Argonautas, muito acontecida e contada lá longe, na Grécia de antigamente. E que até hoje não se sabe se é a história de um herói que virou mito, ou de um mito que virou herói.

Eis a história.

Do tempo em que não existia História, só lendas, mitos e deuses, de existência variante, de tanto ser narrada em voz alta, não escrita.

Eis a aventura.

Do dito João, seus companheiros, à procura alucinada por um brilho no olhar, do Pássaro de Ouro, já que toda história/lenda existe por ter sido recontada antes muitas e muitas vezes, cada vez de uma forma diferente, e sempre a mesma.

Ei-la.

E depois, então...

I

Filho de rei destronado
 ("Sou um rei sem coroa
 Sou um rei destronado"*)
             por um tal Pélias,

João foi tirado ainda criança da casa dos pais e entregue à guarda de um dos mais extraordinários mestres de um país chamado Aldara.

Seu nome era Manduca González, como ficaria conhecido nesta helênica ficção, e ele vivia numa caverna chamada Caverna dos Meninos e tinha o corpo e as pernas de um cavalo branco e a cabeça e os ombros de um homem. Este bravo e singular personagem pertencia a um grupo de pessoas, ou quadrúpedes, chamado de Centauros (e que originariam os Centauros dos Pampas).

Apesar da sua estranha aparência, Manduca González era um magnífico mestre e tinha vários discípulos que mais tarde o honrariam ao se transformarem em brilhantes pessoas. O bom Manduca ensinava seus alunos a tocar lira, flauta de bambu ou cavaquinho *avant la lettre*, a curar doenças e a bem usar da espada e do escudo, assim como outros

---

* "Rei destronado", samba de Nelson Cavaquinho. Ou: "Deve haver esse rei e essa coroa/e esse reino perdido sob o banco,/ e o banco recoberto pela sombra / (...) // Cantar para lembrar, para existir,/ sondar o coração, ouvir-lhe a voz,/ sentir raízes, ser, ser-se de novo,/ voltar como os compassos, não voltar,/falar somente, ouvindo os intervalos /entre as palavras, entre os pensamentos." (Jorge de Lima, *Invenção de Orfeu*)

saberes que, naqueles tempos, era costume ensinar aos rapazes, em vez do alfabeto e da aritmética.

João viveu na Caverna dos Meninos com o centauro Manduca González desde a mais tenra infância, até crescer e se transformar em homem feito. Homem preparado para a vida, é bom que se diga: sabia manejar as armas, era um ótimo tocador de flauta e gaita de boca e sabia distinguir e aplicar as ervas medicinais.

Precisava mais?

Alto e atlético, tornara-se um cavaleiro tão bom ou melhor do que Roy Rodgers ou John Wayne, que conheceria mais tarde nas telas do Cine-Teatro Imperial.

Sentiu chegar a hora de partir, pois partir às vezes era encontrar-se, mesmo sabendo que quem parte deixa saudades... João queria procurar seu lugar e sua sorte no mundo. Decidiu-se sozinho, sem pedir conselho a Mestre Manduca, sem mesmo lhe contar sua intenção.

Desatenção, insensatez do nosso personagem?

Ora, ele sempre soubera que era um príncipe e que seu pai fora destronado e que ele mesmo só continuava vivo porque vivera escondido na Caverna dos Meninos.

II

Uma lança em cada mão, pele de leopardo sobre os ombros, como um poncho, para se proteger da chuva e do frio, lá partiu ele, com seus longos caracóis loiros ao sabor do vento. Orgulhava-se do par de sandálias bordadas e atadas aos tornozelos com fitas de ouro: pertencera a seu pai. Ninguém pelos arredores tinha visto alguém assim vestido e, quando João passava, mulheres e crianças corriam para vê-lo, imaginando qual a jornada que aguardava aquele belo jovem, em que feitos heróicos se envolveria ele, com uma lança na mão direita e outra na mão esquerda.

Caminhou, andou muito.

Quando João chegou às margens de um rio turbulento, a se precipitar, atravessando seu caminho, caudalosamente correndo e rugindo com fúria, embora na estação seca não fosse lá um rio muito largo, ele parou.

O rio transbordava devido às pesadas chuvas e ao degelo das fraldas das coxilhas de Olimpo. Trovejava tão ruidosamente e mostrava um aspecto tão selvagem e perigoso que João achou melhor parar à margem.

Parou, descansou, enquanto observava que o leito da corrente d´água parecia cheio de rochas afiadas, algumas delas aflorando à superfície. De vez em quando passava uma árvore, raízes à mostra e galhos partidos, levada pela corrente ou a se enredar nas rochas. Carcaças de carneiros afogados também boiavam e até uma vaca morta ele viu.

Avaliou, ponderou: demasiado fundo para que pudesse atravessá-lo a pé e demasiado turbulento para que pudesse atravessá-lo a nado.

Nenhuma ponte à vista — e um barco, mesmo se o tivesse, logo seria despedaçado naquelas rochas.

III

Enquanto as águas corriam e João cismava, ouviu ele uma voz em tom de flauta, bem próxima:

— Pobre rapaz! Será que não sabe como atravessar um riacho como este? Ou será que está com medo de molhar suas bonitas sandálias com laços de ouro? Pena que seu quadrúpede mestre não esteja aqui para carregá-lo nas costas até o lado de lá.

Ouviu e se assustou, pois não notara a aproximação de...

A seu lado, viu uma velhinha com a cabeça envolta por um lenço esfarrapado e encostada a um bastão com o topo esculpido em forma do pássaro cuco. Ela parecia muito velha e doente. No entanto os olhos castanhos da velha eram tão grandes e belos que, ao fitarem João, ele não conseguia ver mais nada. Eles, os olhos, puxavam-no para dentro, olhos de ressaca.

— Para onde você vai, João? — perguntou ela, que segurava uma romã, embora não fosse época de romãs.

Como sabia seu nome? Aqueles olhos imensos de mar profundo pareciam saber tudo, tanto do passado quanto do futuro. Enquanto olhava para ela, um pavão apareceu saltitando e se instalou ao lado da velha.

— Vou para Pasárgada — respondeu João, depois de hesitar um segundo. — Vou enfrentar o rei Pélias para tirá-lo do trono que era do meu pai e haverá de ser meu.

A voz aflautada então falou:

— Mas parece que você não tem lá muita pressa. Anda, carregue-me nas costas e me leve para o outro lado do rio. Eu e meu pavão, assim como você, temos o que fazer do lado de lá.

— Teria grande prazer em ajudá-la, vovozinha — falou João. — Mas tenho lá minhas dúvidas se minha força seria suficiente para carregá-la, pois a corrente nos arrastaria com mais facilidade do que aquele tronco de árvore que ali vai.

A voz aflautada revelava certo desprezo:

— Então tampouco deve ter força suficiente para destronar o rei Pélias. João, se não és homem suficiente para ajudar um velha como eu, não poderias ser rei. Para que servem os reis se não para socorrer os fracos e aflitos? Mas faça o que quiser. Se não me levar nas costas, vou atravessar o rio sozinha com minhas próprias pernas.

E a velhinha começou a tatear a margem do rio com seu bastão. João sentiu vergonha. Afinal o bom Mestre Manduca tinha muito bem lhe ensinado que o uso mais nobre que poderia dar à sua força era o de ajudar os mais fracos, e que deveria tratar as mulheres jovens como se fossem suas irmãs e as mulheres velhas como se fossem sua própria mãe.

Aprumou-se. Colocou a velha nas costas, e ela os braços em torno do seu pescoço, e João ensaiou o primeiro passo dentro das águas inquietas, tateando o chão, o pavão empoleirado no ombro da velha.

Assim, a princípio vacilante, João foi se afastando da margem. As duas lanças ajudavam o jovem a se equilibrar e a sondar o fundo rochoso à sua frente. A todo instante ele esperava ser arrastado pela corrente, como as árvores e as carcaças de animais.

Lá iam eles — estendia-se a travessia e o risco, como um traço no escuro.

E eis que, já no meio do rio, a árvore presa nas rochas soltou-se e veio boiando na sua direção, com os ramos quebrados como se fossem os inúmeros braços do gigante Briareu.

Ufa! — por sorte, passou por eles, sem tocá-los.

Mas em seguida um pé de João prendeu-se numa fenda de pedras; ele deu um puxão para se libertar e acabou perdendo um pé das sandálias com amarras de ouro.

— Bela figura vou fazer na corte do rei, com uma sandália no pé e o outro descalço! — resmungou João, finalmente na outra margem, sãos e salvos todos.

— Não se preocupe — falou a velha, estranhamente alegre, descendo da garupa de João e pisando terra firme. — Nunca você teve tanta sorte... Agora estou convencida de que você é de fato a pessoa de que falava a Mangueira Falante. Deixa que o rei Pélias veja esse pé descalço e tu verás que ele vai ficar tão pálido como se visse uma assombração. É o que eu te prometo. Anda, teu caminho é por ali. Vai em frente, meu bom João, e leva contigo a minha bênção. Quando finalmente você se sentar no trono de Pasárgada, lembre-se desta velhinha aqui que um dia você ajudou a atravessar o rio.

E lá se foi a velhinha; se afastando, ela e seu pavão, feliz e sorrindo por cima do ombro.

IV

Depois de andar uma distância pra lá de razoável, João chegou a uma cidade num sopé de montanha, a pouca distância do mar.

A cidade estava agitada, com sua população na rua.

Homens, mulheres, crianças, todos com seus melhores trajes. Próximo à praia, João viu, por cima da multidão, uma coluna de fumaça contra o céu azul.

Perguntou para alguém próximo que cidade era aquela e o que estava acontecendo de especial.

— Aqui é o reino de Pasárgada — respondeu o homem. — Nós somos súditos do rei Pélias e o nosso rei nos chamou para assistir ao sacrifício de um touro negro, oferecido a Netuno, que, segundo dizem, é o pai de Sua Majestade.

Enquanto falava o homem olhava para João com visível curiosidade, devido à sua maneira de se vestir, muito diferente dos pasarguenses. Parecia achar muito estranho aquele jovem com uma pele de leopardo sobre os ombros e uma lança em cada mão. Surpreendeu-se mais ainda quando notou que o jovem tinha um dos pés descalço e o outro com a sandália com laços de ouro.

E falou para seus amigos:

— Olhem só, ele só tem um pé de sandália!

Em pouco tempo todos estavam impressionados com seu aspecto, principalmente quando olhavam para seus pés.

— Uma sandália! Uma sandália! — diziam.

— O homem com uma só sandália! Finalmente chegou! O homem com uma sandália só!

— De onde será que ele vem? O que pretende fazer?

— O que dirá o rei ao homem com uma sandália só?

João ficou confuso, embaraçado e, fosse porque acabaram empurrando-o ou porque ele mesmo procurasse passagem através da multidão, quando viu estava perto do altar fumegante em que o rei Pélias sacrificava o touro negro.

O alarido da multidão diante da surpresa de verem o homem com uma sandália só tornou-se tão forte que perturbou a cerimônia. E o rei, segurando a enorme faca com a qual iria sacrificar o touro, virou-se zangado e encarou o desconhecido João.

O povo se afastou, de maneira que João encontrava-se numa clareira em frente do altar, e diante de um irado rei Pélias.

— Quem é você? — rugiu o rei. — E como ousa perturbar esta cerimônia de sacrifício a meu pai Netuno?

João conseguiu responder:

— Vossa Majestade deve culpar a falta de educação de seus súditos, que criaram todo esse tumulto só porque meu pé está descalço.

Foi só falar isso e o rei deu uma rápida — e assustada — olhadela para seus pés. Apertou o cabo da faca com mais força ainda, como se estivesse a ponto de esfaquear João em vez do touro negro.

— O homem de uma sandália só chegou! — gritaram alguns. — A profecia deve ser cumprida!

Profecia? Todos sabiam que muitos anos antes o rei tinha ouvido da Mangueira Falante de Dodona que seria destronado por um homem calçando uma só sandália. Explica-se por que nunca antes tinha ele sentido tanto susto e agitação como agora, ao ver o pé descalço de João. Mas se recompôs logo, considerando a possibilidade de se ver livre do desconhecido com uma só sandália. E falou, com a voz mais gentil possível para iludir a vigilância do rapaz:

— Sede bem-vindo ao meu reino, meu bom rapaz! A julgar pelo seu vestuário, deve ter vindo de longe. Como é seu nome e onde você foi educado?

— Meu nome é João. Vivi desde a infância na Caverna dos Meninos, e o centauro Manduca González foi o meu mestre.

— Ouvi falar de Mestre Manduca — respondeu o rei, ganhando tempo e pensando em como armar-lhe uma cilada. — O que você faria, meu bravo João, se houvesse no mundo um homem que você acreditasse apostar na sua ruína e destruição e você o encontrasse face a face?

João viu a malícia e a maldade que luzia nos olhos do rei e deduziu que ele tinha descoberto suas intenções e tentava virar sua resposta contra si próprio. Mesmo assim, não queria responder com uma mentira e, após um momento de meditação, respondeu com voz firme:

— Ordenaria que ele me trouxesse o Pássaro de Ouro!

Missão, senão impossível, a mais difícil e perigosa do mundo, como todos sabiam. Para realizá-la, era preciso atravessar ignotos mares e florestas, e dificilmente se voltaria com vida.

Os olhos de rei Pélias luziram de satisfação ao ouvir a resposta:

— Muito bem dito, sábio de uma só sandália — gritou ele para que todos ouvissem. — Vai então e me traga o Pássaro de Ouro.

João, homem de palavra, concordou:

— Se falhar, não precisará recear a minha volta. Se eu voltar a Pasárgada com a presa, aí então, rei Pélias, poderás te apressar e descer do trono e me dar sua coroa e seu cetro.

— Estarão bem guardados à sua espera — respondeu o rei, com um sorriso de troça.

V

Próxima parada: Dodona.

A Mangueira Falante de Dodona era uma árvore maravilhosa, espalhada no meio de um antigo bosque, que por sua vez ficava no meio de um descampado: era nos Pampas; seu tronco majestoso elevava-se a muitos metros do chão e sua espessa sombra abrangia um enorme círculo da região.

João queria perguntar à Mangueira Falante qual seria a melhor maneira de desempenhar sua dificílima missão.

Parado aos pés da árvore mágica, João olhou para os galhos nodosos e as verdes ramadas do alto, como se procurasse alguém escondido no meio daquela espessa folhagem.

— O que devo fazer para me apoderar do Pássaro de Ouro? — gritou ele.

Um silêncio profundo foi a primeira resposta. Silêncio da árvore e de todo o solitário bosque.

Pelo menos durante alguns longos segundos.

Em seguida as folhas da mangueira começaram a se mexer e a sussurrar, como se agitadas por uma leve brisa. As demais árvores do bosque mantinham um respeitoso silêncio. O som foi aumentando de volume e tornou-se um sopro de vento. Pouco a pouco João imaginou que conseguia distinguir algumas palavras, mas muito confusas; cada folha da enorme árvore parecia falar numa língua e todas aquelas centenas, milhares de línguas falavam ao mesmo tempo. Logo o som se tornou largo e profundo, como um pequeno ciclone soprando através das árvores e galhos — e ele ouviu uma voz de baixo falando distintamente:

— Procura Argos, o construtor de barcos...

E depois de uma pausa como se fosse respiração:

—... e pede a ele que construa uma galera para cinqüenta remos.

Assim fez João.

Chegou até Argos, perguntando aqui e ali onde era a sua morada. E expôs a ele seu pedido.

Argos prontificou-se a construir uma galera de tal tamanho e tonelagem como jamais se vira antes no mundo; tão grande que necessitaria de cinqüenta remadores para se mover sobre as águas.

Depois de o grande navio ficar pronto, com todos os carpinteiros de Argos muito se esforçando — a galera foi batizada de "Argos" — João voltou ao bosque para fazer mais uma pergunta à Mangueira Falante:

— O que eu devo fazer a seguir, Mangueira Falante?

Desta vez só um dos galhos pareceu mover-se, um grande ramo por cima de sua cabeça:

— Me corte! Me corte! — disse a árvore, através do galho. — E depois mande me esculpir em forma de carranca pra pôr na proa do teu barco.

João nem piscou: cortou o galho e levou-o para um entalhador das proximidades para que ele esculpisse a tal carranca.

Era um entalhador experiente, mas, curiosamente, ele mesmo percebeu que sua mão parecia guiada por algum poder invisível, e por uma arte superior à sua, e que as ferramentas talhavam uma imagem que ele nunca imaginara antes. Trabalho pronto, ele viu que o resultado era uma figura de mulher muito bonita, com um elmo na cabeça de onde tombavam caracóis de cabelos por sobre os ombros. Na mão esquerda, um escudo, e no centro se via uma representação da cabeça de Medusa com seus cabelos de serpentes. A mão direita para a frente, como a indicar o caminho. O rosto era grave e majestoso, e a boca parecia pronta a discursar com grande sabedoria.

João estava encantado com a imagem de mangueira. Mas antes de instalá-la na proa do navio falou em voz alta que precisava procurar a Mangueira Falante mais uma vez para saber o que fazer em seguida.

— Não há mais necessidade de vir até aqui, João — a voz que ouviu, ainda que muito baixa, e lembrando a voz da Mangueira Falante, vinha da imagem. — Agora, quando você precisar de algum conselho, pode se dirigir a mim.

Mal conseguia acreditar nos seus ouvidos e nos seus olhos: os lábios da imagem tinham se mexido...

— Então me diga, filha da Mangueira Faltante — falou ele, refeito da surpresa —, onde encontrarei cinqüenta jovens decididos para se encarregar dos cinqüenta remos do meu barco? Eles precisam ter braços fortes para remar e corações corajosos para enfrentar os perigos que a busca do Pássaro de Ouro nos aguarda.

— Convoque todos os heróis do País da Memória — respondeu a imagem.

João não perdeu tempo: espalhou mensageiros por todas as cidades do País da Memória, que o príncipe João, filho do rei Esão, partia em busca do Pássaro de Ouro e que necessitava de quarenta e nove jovens bravos e fortes para remar e enfrentar os perigos... O próprio João seria o qüinquagésimo remador.

PARTE VII
Intermezzo

O ÚLTIMO CAOS DO MUNDO

Autor: João do Silêncio
Obra: *História da filosofia acidental*
Editora: (?)
Ano: *Circa* 1967

> *"Ah! nous nous souviendrous de cette planéte!"*
> Villiers de L'Isle — Adam

Alma-de-gato, gato maltês
bando de aves e uma rês
ou uma boiada de cada vez
quem quiser conte até três
tu só és tudo o que vês
o mundo grego é a tua tez
assim é e foi — era uma vez

I

"...e tendo começado o rito de passagem mitológico de João do Silêncio, atendendo a uma sugestão de Gustave Flaubert — "Sejamos gregos!" —, ficou o Narrador perdido e desorientado — e este comentarista e artista, autor e autista que tudo sabe e que nada vê, e que se julga João do Silêncio, anos depois quando resolveu...
Resolveu o quê mesmo?
Ora, passemos.
...pois era o que eu tinha a escrever sobre estes e outros tópicos, do Planeta e de Aldara, assuntos gerais e particulares e universais, e nada mais tendo a dizer me recolhi à minha intimidade e à minha insignificância e parti para encontrar definitivamente a Verdade a fim de dá-la de presente a todos os filósofos do mundo. Assim, com a Verdade em mente e sua essência em mãos, enfim revelada, eles não teriam mais trabalho — poderiam mudar de assunto e de profissão. Seria confortável e bastante condizente com eles, pois os filósofos devem estar cansados:
desde a Grécia Antiga à procura da Verdade; não, não é brincadeira.
Sim, brincadeira tem hora. (Digamos que a hora, para a maioria, ainda não chegou.)
Parto em busca da Verdade com uma lanterna na mão e uma vaga lembrança na cabeça — lembrança, e não idéia do que Ela seria:
vestígios da noite, vestígios do dia.
Procuro-a primeiro dentro de casa, depois no meu bairro — e não a encontro. Percorro os outros bairros, a cidade de Livramento inteira. Nada. Talvez a Verdade estivesse no interior, e parto para o coração do País dos Ponteiros Desencontrados. E vou repetindo pelas cidades, vilas e povoados de Aldara, o cantochão da mesma e direta pergunta:

— Cadê a Verdade?
— Num sei, nhô sinhô.
— Cadê a Verdade?
— Quem deve saber é o prefeito...
— Cadê a Verdade?
— Passou por aqui e desapareceu.
— Cadê a Verdade?
— Se extraviou.
— Cadê a Verdade?
— Deve ter viajado para o exterior.
Embarco em galeras, barcos, canoas, trens, carros, ônibus, aviões e navios, percorro os países, os cinco continentes.
E nada da Verdade.
Desolado e já sem esperanças, volto para casa.
No quarto, ainda insisto:
leio todos os livros do mundo.
Nada, nenhuma pista.
Passa o tempo e eis que um dia entro no meu escritório e — Eureka! Hosana! Saravá! :
ali mesmo, à minha espera, a senhora dona Verdade.
Missão cumprida.
Só me cabe agora avisar aos filósofos do mundo: cessem vossos trabalhos e vossas elocubrações, elaborações e conceitos mentais, pois eu encontrei a Verdade."

(*Nota escrita à mão por João do Silêncio em algum ano da década de 60, na mesma semana em que ele convocara seu amigo e filósofo Franzkafka dos Santos para juntos "falarmos diante de uma gravador ligado, sobre a gênese do nosso Século do Espanto" — anotou ele.*
Transcrito de velhas fitas-cassetes, o diálogo é o que segue:)

II

Franzkafka dos Santos (FS) — O tempo histórico? Você quer saber do tempo histórico de tudo isso, em certo sentido, mesmo sob o risco de quebrar o rito (eu ia dizer "ritmo", mas vale o erro e fica "rito" mesmo) da narrativa?

Narrador (N) — Sim, um pano de fundo que talvez explique, talvez confunda nossa estória.

FS — Deve confundir mais do que explicar pois o tempo histórico tem sido, desde o início, um esforço de pensamento, e as narrativas, como você sabe, não devem lidar com pensamentos. A gênese desse tempo coincide, em grande parte, com a gênese do próprio capitalismo, que foi rompendo com os modelos de homem que existiam no passado. Inaugurou fases novas na maneira do homem se conduzir historicamente e de se portar economicamente, e chegou-se assim a supervalorizar o homem no binômio homem-natureza. Antes, o homem era quando muito um indivíduo *na* natureza, perdendo para ela. Com o mercantilismo, passou a vencer a natureza, a se expandir e a controlar a natureza à sua volta.

N — E assim nasceram os problemas de ecologia....

FS — Sim, remotamente, começa aí, com a expansão científica moderna, com Galileu: é época de expansão do homem; tanto no espaço quanto no tempo, o homem inaugura o horizonte de hoje. E a marca inicial está no pensamento humanista-renascentista; seu momento heróico, digamos assim, veio com a Revolução Francesa. Isso tudo coincide com o nascimento do individualismo.

N — Devagar, meu caro Franzkafka, o homem como indivíduo nasceu antes como bem registra a ficção: com Cervantes e Rabelais, ou, se quiser, com D. Quixote e Pantagruel.

FS — É verdade, na Idade Média o homem era um ser comunitário, ainda pouco despertado como indivíduo. As obras de arte eram anônimas. É com o mercantilismo que o homem passa a ser enfático, pois a iniciativa individual começa, em certo sentido, a liberá-lo. E tempos depois os primeiros passos para a autoria das obras de arte, ou seja o autor passa a se identificar com seu trabalho: é a propriedade no campo artístico. Filosoficamente, o Cogito de Descartes marca o indivíduo. E Kant vai dar uma mentalidade filosófica — e "industrial" — à questão do conhecimento do sujeito teórico.

N — Quer dizer, antes, na Idade Média, havia o primado da transcendência sobre o sujeito, um culto místico ao objeto, é o rito de que você, sem querer, falou — e o homem era um ser dependente da natureza. Uma comunidade agrária qualquer dependia do solo e do clima, da natureza, enfim, que ele não controlava.

FS — Já com o aparecimento da mentalidade industrial, o homem começa a se sentir criador. O homem, com Kant, começa a surgir como sujeito do mundo à sua volta. Uma grande e radical mudança. O mundo não passa de uma montagem do sujeito — sua criação, como as questões a priori das categorias de espaço e tempo — e com base nisso o homem passa a industrializar o mundo, o homem passa a ser o sujeito industrial do mundo à sua volta...

N — E é isso, por outro lado, que daria origem aos problemas ecológicos que enfrentaríamos mais tarde, ou seja, hoje...

FS — Exato. E essa mentalidade culmina com Hegel, em que o mundo é identificado com o Eu, o Eu-Espírito é o próprio mundo. Na prática, culmina com a Revolução Francesa. Fugindo à submissão comunitária ao Rei, o homem começa a comandar o próprio processo político. É neste momento que começa a nossa época: crítica cartesiana, crítica científica, ascensão da burguesia. E assim o conceito de indivíduo foi cada vez mais se hipertrofiando, ao mesmo tempo que ia libertando o homem de todos os vestígios de uma consciência ingênua. Ou seja: aprisiona e emancipa o homem, prepara-o para as grandes aventuras da vida e do pensamento. A partir da crítica do indivíduo parte-se para o primado da ciência sobre o saber mágico-metafísico.

N — E nas artes, na literatura?

FS — É aí que se dá a liberação da energia criativa ou criadora. Com isso tudo, o esforço martirizante do nosso século (com guerras ininterruptas, quase) é concretizar a idéia de liberdade.

N — Com isso que você disse, mais a liberdade criativa, pode-se dizer que D. Quixote venceu, finalmente, os moinhos de vento....

"E é tão bom assim o livro?" — disse D. Quixote.

"Tão bom assim — respondeu Ginez — que coitado do Lazarillo de Thormes, do Cervantes e de todos os que escreveram ou vieram a escrever nesse gênero! O que sei dizer a vosmecês é que trata de verdades e que são verdades tão lindas e tão maravilhosas que não pode haver mentiras iguais".

"E como se intitula o livro?" — perguntou D. Quixote.

"*A Vida de um Personagem*..., também conhecido como Juan del Siléncio, ou Jean du Silence"— respondeu o próprio.

"E já está pronto, terminado?" — perguntou D. Quixote.

"Como pode estar terminado — respondeu ele — se a minha vida ainda não terminou?"

FS — É deste tipo de razão que parte o aprofundamento da individuação, ou do individualismo, e a possibilidade real de crítica. Freud, quando pôs em questão o Eu consciente, questionou o universo da razão, atinando com a estrutura de um sub-homem — a descoberta do Id e das pulsões — muito mais ameaçador, muito mais estranho e confuso, mais identificados com forças vitais cegas do que poderia supor o homem organizado racional e socialmente. Houve um abalo no orgulho e na soberba do indivíduo pensante. Acrescente-se a isso o fato de Nietzsche duvidar dos valores morais, democráticos, ingênuos da sociedade de seu tempo. E Marx, que se pergunta se a liberdade seria tão livre assim — e aqui entra o problema da História. A filosofia descobre a perplexidade, o absurdo...

N — Como aconteceria com Kafka, teu xará, Camus e Ionesco e Beckett...

FS — Sim, esse pessoal todo. O importante é que o absurdo parece ser a condição básica da existência, uma existência quase que escapando aos critérios da razão do sistema. Ao mesmo tempo, a ciência eisteiniana questiona o espaço e o tempo newtoniano, dividido racionalmente até infinito, quando de repente descobre o universo como uma verdadeira explosão-implosão — a termodinâmica, as leis da mecânica quântica, a entropia, por exemplo, mostram o Universo como um caos faiscante. Juntem-se a isso as guerras, esta peste da nossa Idade Média Moderna, ou deste Século do Espanto, como você diz...

N — Pois é, e o espanto que talvez venha disso tudo que foi dito um pouco. E mais:
1) a culminação dos ideais de liberdade pode trazer em seu bojo a possibilidade dela, liberdade, significar Terror;
2) a racionalidade chegando a um extremo, e se impondo, pode significar a anti-razão;
3) o auge da individualidade poderá extinguir o próprio homem. Dr. Strangelove, num momento de cansaço, enfado, depressão ou simples descontrole, poderá apertar o botão mortal.

FS — Não só o passado, como dizia Joyce, representa o pesadelo da História...

N — Sim, e a vida para Joyce era algo explosivo, bem antes — e de uma maneira totalmente diferente — do Dr. Strangelove, bastante caótico.

FS — Era uma vida que parecia mimetizar o movimentos das partículas kraunianas, reguladas pela mera lei do acaso. Um vida diametralmente oposta à vida de um poeta romântico ou a de um clássico qualquer renascentista. Se observarmos bem, nas artes plásticas temos a negação do espaço tradicional, aquele espaço newtoniano tão bem representado então. Para os surrealistas, viram espaços oníricos, apenas alegóricos; e os abstracionistas chegam a dar uma idéia do que seria aquele caos constatado pela Física. As modernas formulações poéticas, a abertura da arte pós-moderna, linguagens novas, o cinema, temos assim, finalmente, a descoberta do que talvez seja o último caos do mundo, ou seja, uma nova sensualidade, novas sensações (daí as drogas...), enfim, experiências atordoantes na área emocional. O pesadelo da razão revelou sua outra face, o lado terrível do homem, e isso do Nazismo à loucura propriamente dita.

N — Não é muito sombrio, pessimista demais isso tudo? Não estaremos, ou melhor não estará você, dizendo que o homem pode voltar à barbárie?

FS — Já há sinais disso: antropofagia, guerras incruentas, campos de refugiados, fome, assassinatos coletivos etc.

N — Estou lembrando de *Weekend*, de Godard. Há chacinas em cena, um poeta sendo assassinado, a própria poesia — e a poesia para ele é a verdade — sendo caçada como um animal acuado. A ambigüidade deste mundo na tela: uma vida mental-emocional mais ampla, depois de duas ou quatro horas de trabalho, todos os tipos de diversões e prazeres possíveis; a desumanização do homem (*Alphaville*), que, também como em *Tempos Modernos*, de Chaplin, vira apenas peça de uma máquina.

FS — Nós estamos num mundo que pode ser promessa de paraíso, como pode ser também promessa (e às vezes eu acho que já sendo cumprida) de um terror sem limites; vigilância e controle sobre nós, irradiações, bombas, ameaças de mutações (em nós e na natureza). Enfim, um terror jamais sonhado pela mais angustiada e doentia mentalidade.

N — Antes que nos transformemos todos em canibais bem barbeados, eu me pergunto, e te pergunto, se depois deste panorama visto da ponte de transição que são esses anos 60 para nós — incluindo aí João do Silêncio que está pelos seus vinte e poucos anos a essa altura —, se depois disso tudo ainda faz sentido continuar perseguindo uma vida que nem se sabe se, na realidade, existiu de fato.

FS — Ao contrário. A procura sempre vale a pena; o que é inútil é esperar por resultados. Existem faixas inteiras da população mais nova que procuram inaugurar novas mentalidades, novos enfoques, novas ações. Primeiro não se trata mais, como tentei mostrar, de "fazer sentido", frente a um panorama geral sem sentido, porque absurdo. Por outro lado, é por isso mesmo que a criação é a que pode salvar pessoas como você, por exemplo. Eu diria mais: fora da literatura não há salvação, ou solução, em termos pessoais. Como diz um filósofo atual: "Tudo vai mal, sejamos felizes!" Como? Criando.

N — Já que é assim, contrariando os manuais do ofício pela segunda vez consecutiva (a primeira foi misturar filosofia com ficção), e como a tarefa tem se mostrado bastante difícil, juntar os fragmentos, cacos e frases de um escritor perdido pelo mundo, e inédito em grande parte, ainda por cima, como é o caso singular de João do Silêncio, devido a isso, enfim, vos nomeio, Mr. Franzkafka dos Santos, meu narrador-assistente, e assim você volta comigo à narrativa, a João do Silêncio, sua essência e seus arredores.

FS — Aceito o desafio, porque aceito a idéia do impossível.

N — O impossível que se torna possível, você quer dizer...

FS — É possível, sem trocadilho. Me lembrei de uma frase-aforismo de Cioran: "A susbstância de uma obra é o impossível — o que não conseguimos atingir, o que não podia nos ser dado: é a soma de todas as coisas que nos foram recusadas." Mas, sem querer complicar o que já complicado está, se não me engano, Joham do Silêncio acabara de sair da juventude mitológica e...

N— ...e é possível que ingresse na juventude contemporânea. Isso se formos seguir a linha cronológica. Se é que iremos chegar a um final, pois como diz o interlocutor de d. Quixote, ele ainda está vivo, não terminou de viver nem de se inscrever no mundo, de *se* escrever, em suma.

LIVRO VIII

O PÁSSARO DE OURO
(2)

"Foi quem entrou por todas as batalhas
As mãos e os pés e o flanco ensangüentado,
Amortalhado em todas as mortalhas.
Quem florestas e mares foi rasgando
E entre raios, pedradas e metralhas,
Ficou gemendo, mas ficou sonhando!"

Jorge de Lima, Invenção de Orfeu

VI

Os jovens aventureiros do País da Memória sentiram-se atraídos pelo desafio. Alguns já tinham lutando antes contra Gigantes de Pedra e Dragões da Maldade; os mais novos se envergonhavam de não terem ainda cavalgado nenhuma serpente alada, ou despedaçado com suas lanças alguma Quimera, ou enfiado a mão direita pela goela de algum leão enraivecido.

E começaram a se movimentar.

Com seus elmos e escudos, e armados de suas espadas, muitos deles se dirigiram para Pasárgada e se preparavam para pegar um Ita no Norte e virar marinheiros do Destino de Aldara.

Saudaram João, dizendo que levariam aquele barco até os mais longínquos rincões do mundo. Muitos tinham sido discípulos de Mestre Manduca. Entre eles, Hércules, que mais tarde haveria de suportar o mundo em seus ombros; os gêmeos Castor e Pólux, nascidos de um ovo; Teseu, famoso por ter matado o Minotauro; Lince, cujos olhos eram capazes de enxergar tesouros sepultados nas profundezas da terra; e Orfeu do Cavaquinho, que ao tocar e cantar fazia as feras se levantarem nas pernas traseiras e dançarem para ele. Sim, Orfeu do Cavaquinho conseguira que algumas de suas melodias, leves como uma pluma, desenterrassem rochas do solo e árvores de suas raízes.

Outros dos recém-chegados à presença de João eram os notáveis filhos do Vento Norte, os irmãos Minuano, que tinham asas nos ombros e, em caso de calmaria, podiam emitir um sopro tão forte quanto o do seu pai.

E a tripulação tinha ainda profetas que previam o que iria acontecer amanhã ou dali a cem anos, ao mesmo tempo em que desconheciam o que se passava naquele exato momento.

Os preparativos chegavam ao fim.

João nomeou Tifis timoneiro, porque ele sabia ler nas estrelas e conhecia os quatro pontos cardeais. Lince, por causa da sua vista e visão, ficaria na proa como sentinela, observando em geral um dia de marcha à frente, embora tivesse o inconveniente de não enxergar o que se passava na frente do seu nariz. Em compensação, quando o mar fosse suficientemente profundo, ele podia dizer com exatidão que tipo de rochas e areia havia lá no fundo.

E eles foram chamados de Argonautas e assim ficariam conhecidos.

Mas eis que, quando tudo estava preparado para a longa viagem, aconteceu um imprevisto.

O barco era tão largo e comprido e pesado que a força daqueles cinqüenta jovens especiais não era suficiente para fazê-lo deslizar até a água. Supõe-se que Hércules, à época, ainda não havia desenvolvido toda a sua força...

Lá estavam os cinqüenta heróis e... Bem, eles se esforçavam, empurravam, mas o Argos não se movia um centímetro.

Exaustos e desesperançados, jogaram-se na areia da praia.

Mas João lembrou-se da imagem da proa:

— Oh!, filha da Mangueira Falante, como conseguiremos colocar nosso barco no mar?

— Preparem-se todos e segurem bem os remos. E que Orfeu toque seu cavaquinho.

Assim foi feito. E Orfeu, que gostava muito mais de tocar do que de remar, escorreu seus dedos pela cordas da lira trasformada em cavaquinho.

Já nas primeiras notas, sentiram o barco se mexer.

Orfeu apressou o ritmo e a galera escorregou em direção ao mar, mergulhando a proa de tal forma que a imagem feita da Mangueira Falante bebeu a onda e levantou-se em seguida com a elegância de um cisne. Os remadores abaixaram os cinqüenta remos, a espuma branca parecia ferver debaixo da proa, enquanto Orfeu continuava sua melodia tão viva que o próprio barco parecia dançar, marcando o tempo da música.

Foi assim, em triunfo, que Argos saiu da baía, em meio a gritos de boa viagem de todos — menos do malvado rei Pélias, claro, que praguejava no alto de um promontório.

VII

Longe da terra, agora era só mar, marzão pela frente.

E os heróis do País da Memória remavam. E entre uma remada e outra, falavam para se animar, conversavam para se entender. Muitos queriam saber mais detalhes sobre o tal Pássaro de Ouro.

Pertencera o Pássaro, ao que parecia, a uma floresta da longínqua Aldara, que salvara duas crianças em perigo e com elas fugira até a Cólchida. Uma das crianças caiu no mar e morreu afogada. A outra conseguiu chegar ao porto graças ao fiel pássaro, mas tão exaurida estava que deitou-se na areia e... morreu. Em memória de sua boa ação o Pássaro, que não era de ouro, depois de morto, muitos anos mais tarde, transformou-se milagrosamente em ouro — um dos fenômenos naturais mais lindos jamais vistos na terra. Há muitíssimos anos ele estava guardado num bosque sagrado e era motivo de inveja para todos os reis.

E a jornada pelos mares prosseguia, enquanto conversavam e remavam.

VIII

Foram várias as aventuras dos nossos heróis ao longo da viagem.

Quando chegaram a certa ilha foram recebidos por um rei chamado Cizcus, que lhes ofereceu banquete e os tratou como irmãos. Os Argonautas, no entanto, perceberam que o rei parecia roído de preocupações e desânimo. Ele e seus súditos sofriam grandes provocações por parte dos habitantes de uma montanha próxima — e ele apontou para a montanha —, que os guerreavam com frequência, matando muita gente e pilhando o país.

Todos olharam e só Lince parece ter visto alguma coisa:

— Vejo-os com muita clareza. Um bando de gigantes com seis braços cada um e com espadas e outras armas em cada uma das seis mãos.

No dia seguinte, quando os Argonautas se preparavam para embarcar, os terríveis gigantes desceram sobre eles, com passadas de cem metros cada e agitando os seis braços ao mesmo tempo.

Cada um deles seria capaz de fazer uma guerra sozinho. Com um dos braços eles jogavam pedras enormes, brandiam uma moca com outro, uma espada com uma terceiro braço, enquanto o quarto empunhava uma enorme lança e o quinto e o sexto manejavam flechas.

Mas embora tivessem muitos braços, os gigantes tinham só um coração. E o coração foi o alvo favorito dos Argonautas, que conseguiram matar grande quantidade deles, botando os outros para correr.

O rei agradeceu e eles seguiram viagem.

Até que... Bem, até quando aconteceu outra estranha aventura.

Na Trácia, encontraram um pobre rei cego chamado Fineu, que os súditos tinham desertado e que vivia sozinho. O rei confessou a eles que vivia atormentado, não pela solidão ou pela cegueira em si, mas por três criaturas aladas chamadas Hárpias, com cara de mulheres e asas, corpo e garras de abutre. Toda vez que o rei cego ia levar a comida do jantar até a boca, as três Hárpias davam um vôo rasante e lhe roubavam a comida.

Não lhe davam descanso.

Os Argonautas bolaram um plano: espalharam muita comida pela praia. Quando as Hárpias vieram apanhar a comida com seu vôo rasante e certeiro, os dois filhos do Vento Norte, os irmãos Minuano, sacaram suas espadas e foram atrás delas pelo ar: centenas de quilômetros de perseguição. Aproximaram-se e — tinham o temperamento irado do pai — assustaram as Hárpias de tal forma quer elas prometeram nunca mais importunar o rei Fineu.

Depois desta façanha, os Argonautas seguiram seu caminho.

Chegaram a uma ilha. Pausa. Pausa das aventuras e do texto, com a intromissão, talvez indevida mas bem-vinda, de Jorge de Lima:

> Tu queres ilha: despe-te das coisas,
> das excrescências, tira de teus olhos
> as vidraças e os véus, sapatos de
> teus pés. E roupas, calos, botões e
> também as faces que se colam à
> tua, e os braços alheios que te abraçam
> e os pés que querem ir por ti, e as moças
> que querem te esposar, e os ais (não ouças)
> que querem te carpir, e os cantos que
> querem te consolar, e tantos guias
> que querem te perder, e as ventanias
> que não dormem, que batem alta noite,
> tristes, em tua porta, se ressonas
> pois nem o vento, nada te abandona

Descansavam ainda na pequena ilha quando viram um barco se aproximar com dois jovens de boa aparência a bordo. E quem eram esses dois viajantes? Ora, eram os filhos daquele mesmo Frixus que, na infância, fora levado para Cólchida pelo Pássaro de Ouro. Aconteceu assim: Frixus se casara com a filha do rei e seus dois filhos príncipes haviam nascido e sido criado na Cólchida. Quando crianças brincavam certa vez nos arredores do bosque sagrado que acolhera e escondia o Pássaro de Ouro. Quando os dois souberam do destino dos Argonautas, ofereceram-se para guiá-los até a Cólchida, embora duvidassem que João conseguisse botar as mãos no Pássaro de Ouro:

— A árvore que esconde o Pássaro é guardada por um dragão terrível, que sempre devora, com uma só dentada, quem quer que se aventure a se aproximar... — disse um dos príncipes.

— E tem outras dificuldades — acrescentou o outro príncipe. — Ah!, João, volte antes que seja tarde demais. Como vamos nos sentir se aquele dragão devorar você e seus quarenta e nove companheiros?

— Meus amigos — falou João. — Quem quiser desistir a hora é esta. Quanto a mim, jamais pisarei no solo do País de Todos os Sonhos sem que traga comigo o Pássaro de Ouro.

— Não desistiremos — gritaram os Argonautas. — Vamos continuar a viagem agora mesmo. Se o dragão nos comer de café-da-manhã, que faça bom proveito de nós.

Os dois príncipes seguiram com eles como guias.

E chegaram todos à Cólchida.

IX

Quando Etes, o rei do país, soube da chegada de João e seus Argonautas, convocou-os imediatamente à corte.

Etes era um rei de aparência severa e cruel, embora ostentasse um semblante gentil e hospitaleiro quando queria. João comparou-o ao rei Pélias, que havia destronado seu pai: não gostou nem um pouco dele.

— Bem-vindo sejas, bravo João — saudou-o o rei Etes. — Diga-me, tua viagem é de descoberta de novas ilhas ou outra será a causa que me dá o prazer de te ver no meu reino?

— Majestade — respondeu João, inclinado-se —, venho a Cólchida com uma missão para a qual me apresso a pedir vossa permissão. O rei Pélias, que se senta no trono do meu pai, prometeu me entregar sua coroa e seu cetro se eu lhe levar o Pássaro de Ouro, que, segundo fui informado, está aqui na Cólchida...

O face do rei não conseguiu esconder sua raiva, pois prezava o Pássaro de Ouro mais do que qualquer coisa no mundo. Tentou controlar-se:

— Você sabe, João, por que provas e desafios precisa passar para realizar tal missão?

— Sei que há um dragão a vigiá-lo debaixo da árvore onde o Pássaro está guardado.

O rei mostrou um sorriso, mas um sorriso que não parecia de gentileza:

— É verdade, mas há outras provas tão difíceis quanto a possibilidade de ser devorado pelo dragão. Primeiro terias de domesticar meus dois touros de pés de bronze e pulmões de bronze, que Vulcano fez exclusivamente para mim. Cada um deles tem uma fornalha no estômago e expiram pelas bocas e narinas um fogo tão quente que até hoje ninguém se aproximou deles sem que fosse reduzido a um montinho de cinzas calcinadas...

João não hesitou:

— Será mais um perigo que terei de enfrentar, já que ele se apresentará no meu caminho.

O rei continuou, decidido a atemorizar João:

— Depois de domares os touros — prosseguiu — deverás atrelá-los e lavrar a terra sagrada do bosque de Marte e semear dentes de dragão, aqueles mesmos que Cadmo usou para que nascesse uma colheita de homens armados. E terás então que lutar contra eles, bravo João.

— Meu Mestre Manduca me contou a história de Cadmo e talvez eu seja capaz de dominar os filhos dos dentes de dragão como o próprio Cadmo conseguiu.

— Nesse caso, príncipe João — concluiu o rei —, descansa hoje e amanhã de manhã, já que tu insistes, veremos a tua habilidade com o arado...

X

Assim foi a tensa conversa entre João e o rei da Cólchida.

E enquanto ela durou, uma bela jovem em pé, atrás do trono, ouvia e observava tudo.

Quando João se retirou, ela o seguiu — e logo o abordou:

— Eu sou a filha do rei e meu nome é Milena. Possuo uma sabedoria que a maioria das princesas não tem. Se você acreditar em mim, eu poderei te ensinar como dominar os touros, semear os dentes de dragão e obter o Pássaro de Ouro.

— Bela princesa — respondeu João —, se me renderes tal serviço de verdade, minha gratidão não terá limites. Mas como poderás me ajudar a não ser que tu sejas uma feiticeira?

— É verdade, príncipe João. — E Milena deu um sorriso. — Circe, a irmã do meu pai, me ensinou seus segredos. Se quiseres uma prova, eu poderia te dizer quem era a velha com o pavão e o bordão em feitio de um cuco que você ajudou a atravessar o rio... E ainda quem fala pelos lábios da imagem de mangueira da proa do teu barco. Sem mim, não conseguirás escapar da bocarra do dragão...

— Estou mais preocupado com os touros que respiram fogo — comentou João.

E Milena:

— O teu próprio coração de bravo te dirá qual a maneira de lidar com um touro enraivecido deste tipo. Como, deixo a teu critério. Quanto à respiração em chamas dos animais, tenho um ungüento mágico que evitará que te queimes.

E Milena deu-lhe uma caixinha de ouro e ensinou-lhe a aplicar o ungüento perfumado.

Despediu-se ela de João e marcou um lugar para se encontrarem à meia-noite.

XI

O jovem João afastou-se, seguro de que não seria sua vontade nem seu coração que lhe haveriam de faltar.

Foi para junto dos seus camaradas Argonautas e relatou o que conversara com a princesa, a bela Milena. Que ficassem preparados no caso de ele precisar de algum tipo de ajuda.

Na hora marcada, à meia-noite, sob a luz da lua, Milena e João se encontraram sob os Arcos da Lapa. E foram jantar no Nova Capela, dividindo um cabrito assado com arroz e brócolis.

Ainda à mesa, João viu e segurou os dentes de dragão que Milena lhe entregara.

Saíram.

Em seguida, sem muitas palavras, Milena conduziu-o até as pastagens reais.

Deu para João avistar e ver o verde, muito verde se estendendo sob o luar prateado.

Era ali que viviam os dois touros de bronze.

Havia estrelas no céu, com uma linha brilhante no horizonte. A lua às vezes desaparecia sob um manto de nuvens.

Depois de entrarem os dois na vasta pastagem real, a princesa parou e olhou em volta — e disse:

— Lá estão eles, repousando e ruminando no outro canto do pasto.

João olhou, em silêncio. Milena continuou:

— Nada diverte mais meu pai e sua corte do que assistir a um visitante domar os touros. Quando isso acontece, vira feriado em Cólchida. Confesso que eu também me divirto muito. Tu nem imaginas o instante exato em que o bafo dos touros reduz uma pessoa a cinzas.

João chegou a se inquietar:

— Tens certeza, bela Milena, certeza absoluta de que o ungüento é o suficiente para evitar ser queimado?

— Se tu tiveres a menor parcela de medo, melhor seria não teres nascido do que dar mais um passo à frente — disse ela.

Como resposta, João desprendeu-se da mão de Milena e avançou com decisão na direção apontada por ela.

Na direção dos touros de bronze.

Não chegou a dar muitos passos quando viu labaredas aparecendo e desaparecendo à distância. Mais passos e — bem, as chamas e fumaças aumentavam de intensidade. Os dois touros pareciam ter pressentido sua aproximação e levantaram as cabeças para cheirar o ar. Mais passos, mais — e, pela maneira como aquele vapor avermelhado agora aparecia, João percebeu que os touros se colocaram em pé.

Via fagulhas e jatos de fogo voando.

E os touros acordaram o silêncio da noite com seu mugir furioso, enquanto o bafo ardente que emitiam iluminava o campo todo...

Decidido, João deu mais um passo. De repente, como relâmpagos, os animais investiram na sua direção, mugindo como trovões e lançando jatos de chamas que tudo iluminavam mais claramente do que a própria luz do dia.

João tomou fôlego e viu os dois terríveis touros se aproximando, crescendo, crescendo na sua direção num galope contínuo, cascos de bronze arrancando faíscas do chão, os rabos espetados no ar, como acontece com os touros selvagens.

O bafo dos touros correndo queimava toda a erva à sua frente e arredores. Era tão intenso que chegou a incendiar a árvore que protegia João.

Mas só a árvore.

Nosso herói teve a chama toda a envolver-lhe o corpo e não sofreu nenhum dano.

Nenhuma queimadura: o ungüento funcionava.

Encorajado, João aguardava a investida final dos touros.

E eles se aproximaram, numa velocidade espantosa — quando estavam a ponto de jogar João pelos ares, nosso herói conseguiu segurar um deles pelos chifres e outro pela rabo, e segurou-os com punhos de ferro.

Que espantosa força nos braços tinha João!

Mas o segredo mesmo de seu ato era que os touros de bronze eram criaturas encantadas e que João, ao enfrentá-los com tanta determinação, quebrara seus encantos.

Dominados, foi só colocar os touros no arado...

XII

Quando a lua havia percorrido um quarto de sua trajetória, o campo já estava lavrado, pronto a acolher os dentes de dragão.

João pacientemente foi jogando os dentes de dragão ao solo, cercando-os de uma grade cheia de pontas. Depois sentou-se à beira do campo e perguntou a Milena se teriam de esperar muito tempo.

— Mais cedo ou mais tarde, sempre haverá de brotar e nascer — respondeu a princesa, ao seu lado. — Nunca falha uma colheita de guerreiros armados depois de se semear dentes de dragão.

João olhou para cima e notou a lua alta no céu a clarear o campo com seu brilho de prata.

Quanto tempo passou?

Sim, pois pouco a pouco, ao longo do campo todo, alguma coisa começou a brilhar com mais destaque à luz daquele luar. Pareciam cintilantes e condensadas gotas de orvalho.

Esses pontos brilhantes foram crescendo e logo se podia ver que eram pontas de lanças brotando do chão.

Em seguida, rebrilhou um grande número de elmos de cobre. Conforme iam saindo do solo, apareciam os rostos escuros e barbudos dos guerreiros, que se esforçavam para se livrar da terra que os aprisionava.

Sim, era verdade: eles brotaram do solo!

Os guerreiros, em pé — e o primeiro olhar deles era de raiva e desafio. As armaduras brilhavam. Na mão direita de cada um havia uma lança ou espada, e em cada braço esquerdo, um escudo.

E assim foi, pois de cada lugar onde ele jogara um dente de dragão havia agora, erguido e decidido, um guerreiro equipado para a luta.

Bateram as espadas contra os escudos e olharam uns para os outros, como se estivessem a se reconhecer. Ferozes. Sim, tinham vindo a este belo mundo à luz daquela pacífica lua, mas estavam cheios de ódio e de paixões tumultuadas, prontos a tirar a vida de qualquer ser vivo que aparecesse à sua frente, como (pareciam pensar) simples recompensa pela benesse de estarem, eles mesmos, vivos!

Era um exército plantado no campo, libertando-se de suas próprias raízes. E ao mesmo tempo começavam a brandir suas armas, fervendo com a sede de batalhas.

Começaram a gritar:

"Onde está o inimigo?"

"Vitória ou morte!"

"Avante, venceremos!"

E outros gritos de guerra, enquanto marchavam sem direção definida, até que a fila da frente deu com os olhos em João.

João já estava de espada na mão, desde que avistara ao longe o brilho de tantas armas.

E assim que os filhos dos dentes de dragão viram João concluíram logo que ele era o inimigo. Gritaram como que em uma só voz:

"Nós somos os guardiões do Pássaro de Ouro!"

E partiram na direção de João com as espadas erguidas e lanças em riste.

João sabia que seria impossível resistir sozinho a um batalhão daqueles, bem armado e disposto à luta.

— Pega essa pedra aí no chão! — gritou Milena. — Atire a pedra bem no meio deles. É a única maneira de se salvar.

João apanhou a pedra e atirou-a.

Viu quando ela bateu no elmo de um dos guerreiros e ricocheteou no escudo do guerreiro ao lado, saltando em seguida para a cara de um terceiro.

Ao sentir a pancada, cada um dos três atingidos pensou que o camarada do lado era quem o havia atacado.

E a confusão começou.

Dos três, ela se espalhou por todos eles. Esqueceram João e começaram a lutar entre eles, e num abrir e fechar de olhos estavam todos engalfinhados e apunhalando-se uns aos outros.

E assim deu-se a batalha: com João só assistindo, e, numa fração de tempo tão rápida quanto fora o nascimento daqueles guerreiros, todos os filhos dos dentes de dragão, estavam estendidos no chão.

Mortos.

Menos um.

O mais bravo e forte de todos sobrevivera.

E ele teve ainda a energia necessária para brandir a espada sangrenta sobre a cabeça e soltar um brado de triunfo:

"Vitória! Vitória! Pela Fama imortal!"

Foram suas última palavras: em seguida caiu morto, no meio dos seus irmãos.

E foi assim que acabou a horda nascida dos dentes de dragão.

Enquanto João se recuperava de toda a cena que seus olhos viram, Milena falou para ele, com um sorriso irônico:

— Deixa que eles durmam no campo de honra. Sempre haverá no mundo simplórios como eles para lutar e morrer sem saberem por quê, ou imaginando que a posteridade se ocupará das coroas de louro de seus elmos enferrujados. Não é digno de um sorriso, príncipe João, assistir à vaidade deste último guerreiro no momento de tombar?

— Um triste espetáculo, princesa — falou João, ainda com o ar sério e cansado. — Mas como acreditar que o Pássaro de Ouro possa valer tantos sacrifícios, depois de ver o que acabo de ver?

— Amanhã poderás pensar diferente — respondeu Milena.

XIII

No dia seguinte João apresentou-se diante do rei Etes.

— Tens um aspecto fatigado, príncipe João — saudou-o o rei, que ainda não sabia de nada. — Passastes a noite em claro? Espero que tenhas reconsiderado a idéia de enfrentar os touros de bronze. Não gostaria de vê-lo transformado em um monte de cinzas.

— Pois saiba Vossa Majestade — João começou a responder — que a tarefa inicial já está realizada. Os touros foram domados e atrelados. O campo foi lavrado, os dentes do dragão foram semeados, os guerreiros nasceram e estão todos mortos.

O rei Etes mal conseguiu esconder o espanto e a raiva estampados no rosto. Mas de acordo com sua palavra real, ele deveria agora autorizar João a enfrentar o dragão, uma vez que provara sua coragem e força. Mas o rei Etes, desconfiando de sua sorte no embate com o dragão e contra os touros de bronze e os guerreiros, concluiu que ali tinha o dedo de sua filha Milena.

— Como minha desleal filha te ajudou com seus feitiços, fico desobrigado a manter minha palavra de rei e te proíbo, sob pena de morte, de qualquer outra tentativa de se apoderar do Pássaro de Ouro.

Impasse. Brabo e chateado, João saiu de lá e reuniu seus quarenta e nove Argonautas para, desobedecendo o rei, marcharem imediatamente em direção ao bosque de Marte, lutar com o dragão, matá-lo, e apoderar-se do Pássaro de Ouro. Em seguida, voltar a bordo do Argos e soltar todas as velas — partir, fugir.

Esse era o plano. Seu sucesso, no entanto, dependeria de os cinquenta heróis não serem devorados pelo terrível dragão.

Enquanto isso, a caminho de se encontrar com seus companheiros, Milena chamou-o:

— Eu sei, príncipe João — disse ela — que o rei te proibiu de fazer qualquer outra prova ou tentativa para se apoderar do Pássaro de Ouro, quer tu mates o dragão ou não. E mais ainda, a não ser que partas da Cólchida antes do sol nascer, o rei pretende queimar a teu barco Argos e passar na espada tu e teus companheiros. Mas tu terás o Pássaro de Ouro antes do amanhecer, com a ajuda das minhas artes mágicas. Espera-me sob os Arcos da Lapa uma hora antes da meia-noite.

E desapareceu.

Para reaparecer mais tarde, no local e na hora marcada.

Antes da meia-noite lá estavam, lado a lado, João e a princesa Milena, caminhando silenciosamente pelas ruelas da cidade, em direção ao bosque sagrado que abrigava, e guardava a sete chaves, o Pássaro de Ouro.

Depois de muito tempo andar, por entre troncos enormes de mangueiras e carvalhos seculares que chegavam a cobrir o brilho da lua, Milena apertou o braço de João e:

— Olha lá bem longe — sussurrou ela. — Estás vendo?

Chegava a ser suave aquele brilho entre os veneráveis carvalhos, uma espécie de radiação, não como os raios da lua, mas parecendo a glória dourada do sol a se pôr. A origem de tal e tanto brilho era um objeto à altura de um homem, um pouco mais adiante.

— O que é aquilo? — perguntou João.

— Vieste de tão longe em sua busca e não reconheces a razão de todos os teus esforços e perigos? É o Pássaro de Ouro!

— Que brilho glorioso! — exclamou João, diante daquele tesouro inestimável que tantos heróis tinham sonhado ver e, muitos deles, perecido nesta tentativa. — Vou já buscá-lo.

Milena segurou-o a tempo:

— Já te esqueceste de que ele é guardado por um dragão?

E foi só então que ele viu o monstro, dando voltas nas árvores da proximidade, como a pressentir a presença de criaturas vivas. Estendeu seu pescoço numa considerável distância, para um lado, para o outro, logo muito próximo de onde João e Milena se escondiam, atrás de um tronco de umbu. A sua boca aberta era tão grande quanto o portal do palácio real.

João segurava a espada e ameaçou dar um passo à frente. Milena impediu-o:

— Não percebes que sem mim tu serás uma presa fácil? Nesta caixinha de ouro aqui tenho uma poção mágica que enfrentará o dragão com muito mais eficiência do que a tua espada.

Mas um dragão tem ouvidos — e enormes! Sim, ouviu vozes e, rápido como um relâmpago, a sua cabeça negra e sua língua dividida em duas se aproximaram, silvando como uma orquestra de cobras (e, como se sabe, em baile de cobra, sapo não dança), e ei-la junto ao grande umbu que servia de esconderijo para nossos heróis.

Foi o suficiente para Milena jogar o conteúdo da caixinha dentro da goela do monstro.

Os dois prenderam a respiração — mas só por questão de segundos.

O dragão soltou um urro gigantesco, horrível, e, agitando-se em convulsões, atirou a cauda para o alto das mais altas árvores, que tiveram logo seus galhos despedaçados.

E o dragão tombou como um prédio inteiro, ao comprido, e ali ficou, no solo.

João retomou o fôlego. Milena então falou:

— É só um poção de narcótico. Mais cedo ou mais tarde eu posso precisar dessa criatura malvada... Não queria matá-lo. Agora te apodera do Pássaro de Ouro e vamos embora. Tu conseguiste!

João correu até a árvore que a brigava o Pássaro de Ouro e pegou-o com força, e dispararam eles através do bosque cerrado, iluminando os caminhos pela irradiação daquele tesouro.

Correram como raios.

No caminho, João viu a velhota que tinha ajudado a atravessar o rio. Ela trazia seu pavão ao lado. E a velhota batia palmas de alegria e, fazendo sinal para que corresse mais ainda, desapareceu nas sombras do bosque.

Vendo no céu os dois alados Filhos do Vento, os irmãos Minuano, João gritou para eles que avisassem os Argonautas, pois iriam embarcar assim que chegasse. Aviso desnecessário, pois Lince, embora entre ele e João houvesse várias barreiras e mesmo muros de pedra, além de uma colina com as sombras negras do bosque de Marte, já vira nosso herói carregando o Pássaro de Ouro; e avisara a todos, que já se encontravam sentados e a postos, com os remos na mão, prontos para partir assim que João pisasse a bordo.

Ao se aproximar, João ouviu a imagem de madeira falante da proa do Argos, gritando, ansiosa:

— Apressa-te, João! É questão de vida ou morte, mais rápido!

De um salto, João estava a bordo.

Os quarenta e nove Argonautas, diante daquela imagem gloriosa e iluminada, soltaram um grito de vitória, enquanto Orfeu, deixando o cavaquinho e tangendo sua lira, ajudou o barco a deslizar pelas águas, como se tivesse asas.

Missão cumprida.

Com algum esforço — presume-se —, João voltou ao final do século XX.

LIVRO IX

DIÁRIO DE UM ESCRITOR INVISÍVEL
(2)

s/d — 1986

Alice ligou. Para fazermos uma revisão antes de mandar o roteiro para a datilógrafa. Amanhã, talvez. O filme na reta final. Só falta a fita virgem, a máquina e os atores — a produção, as filmagens, ou seja, quase tudo. Mas o filme começa a existir na cabeça e depois, registrado, nas páginas do roteiro. (Mais tarde, em película.) Que é, como o nome diz, um roteiro a ser seguido por todos nas filmagens. Primeiro, história no papel — escrita —, depois na fotografia — filmada. A velha e secular "história" ainda serve para alguma coisa. (A técnica de roteiro segue ainda muito da *Poética* de Aristóteles: o velho embutido no novo.)

Revi partes de *Alma-de-Gato* — só falta rebater algumas laudas — para ver depois como *História da filosofia acidental* (trecho) se encaixa na seqüência. Ainda não estou convencido. Tempo ao tempo.

* * * * * *

Agora, sim, é noite. Por que me precipitar, se ela chega sempre?

* * * * * *

Meu filho brinca ao lado, brinca de "trabalhar" como eu. Ele me distrai um pouco mas é uma forma de lhe dar atenção, enquanto trabalho. Fez vários desenhos e rabiscos. Me interrompe toda hora para mostrá-los; eu o escuto e respondo. A cabeça sempre viva, me pergunto o que lhe atrai tanto vendo o pai batendo à máquina (desde pequenininho ele sobe na cadeira e bate nas teclas) ou escrevendo à mão. Deve ser um processo natural de imitação, de identificação. E assim, sem querer, a criança vai se condicionando. Os livros, por exemplo. Vai crescendo em meio a eles e há muito que não os rasga mais: pega um livro, folheia, com cuidado. É um bom antídoto à TV, que permanece ligada quase o dia inteiro. Com as imagens e com as palavras ele vai descobrindo a vida, formando sua linguagem. Já fala e entende quase tudo. Agora, pela primeira vez, fez cocô no piniquinho. Registro para a história. Do cotidiano. Minúcias de um diário. São 19h.

* * * * * *

Voltei ao *Alma-de-Gato*. Consegui rever a terceira e quarta parte na ordem inicial (se não entrar o pequeno texto como terceira parte, continua assim; se entrar, viram quarta e quinta parte, respectivamente). Partes ajustadas. Mesmo assim, alterei, mudei frases, cortei palavras. Poucas. Revisão do próprio texto é tarefa infindável. Passa o tempo, sempre encontramos o que consertar. Não existe versão definitiva.

* * * * * *

Interrompi para ir até a farmácia comprar melhoral. Alice e a empregada com gripe. Ir até a farmácia como se isso fosse uma longa e difícil e tortuosa trajetória ao longo de duas meias quadras. Primeiro abrir a porta e caminhar até o elevador; esperá-lo; entrar nele e perceber a presença dos outros, estranhos seres, dar "boa-noite" a vizinhos que só se conhecem de vista; sair no hall e na rua em meio a carros nas calçadas e pessoas que vão e vem, dentro de um visual agressivo; andar até a esquina, passar pelo jornaleiro e dobrar a esquina; atravessar a rua, um grupo que joga alguma coisa em frente ao bar; entrar na farmácia movimentada e chegar ao balcão; pedir cinco tirinhas de melhoral e pagar seis cruzados, dinheiro contado; voltar; ao atravessar a rua, um grupo de jovens barulhentos; entrar na avenida, parar no bar e comprar cigarros com uma nota de 50 cruzados; colocar o troco de 40 e poucos no bolso, sair e logo ingressar no edifício; antes, a porta de vidro fechada, o porteiro aciona um botão e ela se abre; caminho até o elevador; abro a porta, entro e subo; no corredor de novo; toco a campainha; me abrem a porta e percebo que o rádio está bem mais alto: é Mozart; entrego o melhoral e volto ao escritório, onde, à minha escrivaninha, escrevo este parágrafo longo e talvez desnecessário sobre a aventura de ir até à farmácia e voltar.

Pensando bem, aconteceu muita coisa. A gente é que não se liga. Só notei depois de relatar. As aventuras incríveis (nos detalhes) de uma ação (banal, cotidiana) que se faz a toda hora sem pensar. Sim, mas penso agora e a que conclusão chego?

Nenhuma; que nem tudo tem conclusão. Apenas escrevi — não basta? Um exercício.

Pronto, passou.

Faz de conta que não fui à farmácia.

Altas filosofias de quem no momento (vários momentos, uma soma de momentos) não faz nada a não ser escrever este diário, e a agenda na qual ele vai escrito está chegando ao fim. As páginas dos dias impressos da agenda terminam aqui (31 de dezembro de 1980) mas seguem-se outras que poderão ser aproveitadas. Quando terminar, passar para o caderno azul (preciso encontrá-lo) que comprei no exterior. Há algumas anotações nele, mas no geral está em branco. À sua, minha, disposição. Hoje estou detalhista. Sei que não têm nenhuma importância — os detalhes. Mesmo assim os escrevo. Porque no fundo (detalhe) eles têm muita importância.

Que este diário já vai longe. Até quando? O que será dele? E de mim? Parece que continuo com os detalhes.

Mudar de assunto.

Sim. Mas e se a vida for uma aventura pendurada no vazio?

À tardinha

Ontem antes de dormir — pensando até o último momento — me ocorreu que...

(*Trecho ilegível*)..................... ficaria melhor mais adiante no livro, na altura da lauda número 100. Assim teria dado mais tempo e clima geral ao leitor, para... (idem) Por enquanto é a solução que encontrei. Ficaria melhor balanceado — o ritmo geral.

Mas o trabalho do roteiro com Alice e Franzkafka passou para amanhã.

Fiquei em casa rebatendo algumas páginas do livro. Trabalho chato — mas aproveitei e fiz pequenas alterações. Nunca rebato uma página igual à outra. Não consigo.

Também não consigo achar o caderno azul. Acho que mais o dia de hoje e essa agenda termina, e o diário precisa (Precisa? Mas por quê?) continuar, embora talvez daqui para a frente eu venha a diminuir o ritmo, e a constância e dimensão dos dias. Os dias estão ficando longos demais — digo, aqui no diário. Ontem bati meu recorde: mais de vinte páginas, creio que vinte e cinco páginas desta agenda. Mas não, houve outros dias tão extensos quanto, talvez mais, o que daria cerca de dez ou vinte páginas batidas à máquina, num cálculo por cima. Se fosse só por tamanho, este diário já estaria pronto — daria um bom volume. Mas minha intimidade e "nudez" — e disposição de mostrá-las — não passam por esse ítem de número de páginas. O buraco é mais embaixo, como diz a expressão popular. O buraco de minha existência (no sentido "existencial" e a surpresa de ser/estar vivo, existindo). Aquilo tudo que me falta, esta ausência com a qual preenchi grande parte deste "diário estrangeiro" de mim mesmo. Kid Skizofrenik diria (aproveitando uma frase perdida num conto de Mário de Andrade): ninguém dentro do corpo — frase que me acompanha desde que a li, há uns dez ou mais anos (e se me acompanha há tanto tempo é que deve ter um significado para mim) e que poderia dar um título: *Ninguém dentro do corpo*. O corpo que não é habitado por ninguém é o corpo de um morto? Ou de um zumbi, um fantasma? Usei muitas vezes esta palavra "fantasma" (o diário continua as aflições do romance) para falar deste estado de estranhamento, dúvidas e hesitações, "alienação" e "fuga", procura e ausência de mim mesmo. Eu-fantasma quando não estou conseguindo ser eu-pessoa, naqueles momentos em que não me acho, sou um homem ausente e invisível. O escritor invisível. Rotular esta complexidade? Funciona no romance, na vida não basta. Quando tem ninguém dentro do corpo este "ninguém" pode ser uma soma de "pessoas" distintas e controversas que de tanto brigar entre si acabam se anulando, me anulando. Ou somando? Quando tem "Alguém" dentro de mim, me reconheço nos meus atos, me sinto e sinto a vida à minha volta me conduzindo e sendo conduzida por mim. Sou pessoa. Não id obscuro, ego repartido e superego vigilante, estes três mosqueteiros interconflitantes e determinantes — e o quarto mosqueteiro, D'Artagnan, é o que resulta de mim, ou o que resulta em mim. Quando sou e quando não sou; são como vidas diferentes, outras pessoas. Do zero ao infinito, posso ser uma sucessão de "eus" — que perfazem uma pequena multidão: do mais anônimo funcionário público e privado da vida, à condição ou sensação de rei de tudo, de centro do mundo. Entre uns e outros, permeando tudo, a invisibilidade condicionada e condicionante, determinada e determinante. Ser invisível é a média de todos os "eus"; é a forma e a forma estratégica de conviver dentro do que o sistema criou para nós, lugar e situação a nós destinados. Não se nasce nem se escolhe ser invisível: acaba-se sendo invisível; é uma resultante. Invisível como pessoa e como escritor, somos obrigados à solidão, levados a uma revolta e rebelião que não chega a causar danos ao sistema (mas que o denuncia, talvez, pelo menos isto) e — quando podem — isolados e impotentes, para não manter contato e transmitir contágio aos outros. O sistema precisa funcionar. O homem invisível precisa (diz ele mesmo) viver. Esta é a guerra. Com ou sem consciência, diria — mas é *também* sistema e luta contra ele. A sociedade sempre combateu certas "energias" humanas, certas potências e potencialidades do homem: a anarquia, a liberdade, a libertação, a emoção, os costumes (certos costumes associais), o ciúme, o incesto, a paixão que foge às regras (como à ordem, à família, ao casamento), os vícios, o sexo, as drogas, o novo, novas amplidões ou fronteiras físicas e mentais, o mundo interno e o pensar por si mesmo — sempre combatem também a beleza e a arte que inauguram novas perspectivas, novos objetivos, novas linguagens, que despertam e provocam o homem adormecido e acomodado, que pensam e criam, do desconhecido, o irreconhecível de hoje que será talvez o conhecido de amanhã. Assim, o inominável despropósito (visto e considerado de hoje): Modigliani e Van Gogh não venderam quadros em vida; Mozart, depois de adulado foi rejeitado e morreu pobre e sozinho; Edgar Allan Poe caiu de bêbado na sarjeta; Rimbaud largou tudo e foi para a África; o significado da loucura final de Nietzsche e das vaias ao "louco" que foi Artaud; a variedade, o alto nível de suicídios, de Maiakowski a Raul Pompéia e Quiroga e Mishima; as páginas que não foram lidas, de Kafka etc. E esse simples "etc" seria um vasto, enorme panorama de devastação, incompreensão e intolerância. Mas o sistema ou a sociedade, mais tarde, sempre mais tarde!, acaba aceitando certos marginais em vida, como se assim suavizasse ou anulasse um pouco seus efeitos... Mas eles foram (como no título da biografia de Janes Joplin) "enterrados vivos". Enfim, é o que estou pensando em "voz alta" e me lembrei da passagem tumultuada de Joplin pelo país: ela pretendia dar um show gratuito ao ar livre, e que a ditadura (ao show ou a ela afinal? Aos dois.) proibiu.

* * * * * *

À noite.

Um dia com duas noites. Comecei a escrever na noite de ontem (depois da meia-noite), continuei à tarde, e retomo agora, às 20h30. Um dia com uma tarde e duas noites, portanto. Fica assim dito e observado. Um dia anormal, como um bicho de duas cabeças...

20 de julho de 1986 (Domingo)

Fim de semana com Alice, fora algumas horas de ontem que passei com Franzkafka, revendo o roteiro.

Pensei em começar o dia (do diário; há — dizem — o dia real) com uma imagem:

o domingo rolou pelo campo como uma bola sozinha. Mas não é tão simples. O cotidiano dentro dele, domingo, é lento, mais pesado do que esta imagem de bola rolando no campo. Com o agravante de o cotidiano ser cansativo, quando se anda na rua, carros e gente demais, uma paisagem que agride, olhar e ouvidos adentro. Sentimos necessidade de paz, silêncio, verde. Dentro do apartamento existe silêncio, mas não consegui trazer a paz lá de fora. Dentro de mim. Eu, Alice e apartamento. Cidade grande. Domingo. Dia de jornais gordos, enormes, para reiterar que o mundo continua o mesmo de domingo a segunda. Me volta a imagem da bola rolando sozinha no campo. Sem jogadores. Ninguém para chutá-la e se a chutasse não haveria goleiro. Sem jogo, sem futebol, portanto sem meta ou gol. Uma bola. Talvez inútil. Mas rola, passa. Como o dia. Esse domingo. Sem regra, intriga, ação de um jogo — domingo alúdico. Como se não valesse a pena, não contasse. Mais um domingo como esse e tem-se o ano todo, passa-se a travessia, longa. Sim, eis o dia: longo domingo chato.

Amanhã tem mais.

22 de julho de 1986 (Terça)

Olhar estranho? Disse para Narciso que a conclusão do meu livro (e a futura e distante e só provável do diário) deveria ter alguma coisa de estranheza, no fato de nele expor e tornar pública a auto-exposição.

Ele falou que era mais o fato de eu estar percebendo agora meu lado esquizóide.

Meu olhar.

Olhar sobre o mundo. Esquisito. Confissões de um "esquisito", pois. Continua a viagem a bordo da minha cabeça, essa cabeça esquizóide, esquisita, comum, diferente, banal e especial e teimosa e tropical e sombria e.

E muitos "es"...

Viagem sem volta. Vida e morte agora, querendo fixar o tempo — os dias. Não é que todo o diário é utópico pois, registrando a vida, fala da morte?

Os dias se perdem ou eu é que perco os dias?

O abismo está chegando — ou sou eu que me aproximo dele?

Dias e noites, fluxo e refluxo.

Registro o mínimo, sinto no próprio momento de escrever da minha impossibilidade de ser total a restrição (redução) que este diário representa dos dias. Que passam como a paisagem vista do trem, e reajo a ele. É só minha reação, não é a paisagem. Ela é impossível de ser posta em palavras. Falta linguagem; sobra o real. Dos dois faço uma mistura. Quebro os ovos para o omelete. Ou ponho mais alguns ingredientes e faço um picadinho — um picadinho à brasileira.

Até que eu tenho variado de assunto — falando em outras coisas que não do

"eu",

"eu",

"eu".

Doeu?

Muito bem, eu vou bem e você como vai?

E o que é que *eu* vou dizer agora?

Que tal "ópera" como assunto? *Aída*, por exemplo, que Alice foi assistir hoje (ainda não chegou). Eu não fui porque, não sendo aficionado por ópera (falta minha de cultura musical), achei muito caro

o ingresso. Alice gosta muito — e pagou. Minha resistência à ópera passa por...
Mas chega de ópera.
E não tenho mais assunto. Só falta de assunto.
Nada.
O nada.
Nada disso.

As coisas acontecem, tem um rio, um mar, oceano de coisas acontecendo lá fora e eu aqui dentro de casa, dentro do meu escritório, confinado, observador — mas como posso observar se estou entre quatro paredes e se estou, em última análise, sendo observado? Observador interno, observo a mim mesmo, me observo no mundo e na vida, e o mundo e a vida só me chegam, só vem até mim em estilhaços, minúsculos fragmentos — poeiras da realidade, não a realidade. O real. Como na gíria: caia na real! Como se dar conta, como perceber, entender e aceitar um mundo que só lhe emite sinais mínimos de sua existência? Como cair na real? Não se corre o risco de cair *da* real? Em que mundo vivo eu, mundo de aparências, formas e sombras? Pensar menos e sentir mais. Soltar o lado intuitivo. Mas não adianta, o lado racional briga, barra, faz força para o emocional não sair, não vir à tona. Luta de boxe sem luvas. Que acontecesse alguma coisa inesperada e mesmo sem sentido, como soltar uma gargalhada ou cair em prantos. No entanto, rir de quê? Chorar por quê? A razão bloqueia, quer um sentido, uma explicação, uma justificativa para tudo. Assim é com os mínimos gestos. Afinal, somos civilizados. Enquanto isso o homem primitivo vive como um náufrago ou um afogado dentro, bem dentro de nós. Soltar a palavra ou soltar um grito. A palavra sai mais fácil — o homem criou a palavra, mas a palavra moldou o homem. Moldou-o em blocos de barro, cimento ou gelo: deu-lhe uma forma para contê-lo, para viver dentro dela. Por isso é impossível viver sem palavras. Até os surdos-mudos necessitam delas. É através da palavra que nos chegam a razão e a emoção. A emoção mais profunda, submersa no mundo da não-palavra ou da pré-palavra, fica em compasso de espera, fica escondida lá dentro, existindo em sua não-existência, espécie de vulcão em descanso. Às vezes, lateja, pulsa, ameaça sair de qualquer maneira. Não consegue, a razão e as palavras não deixam. Com que palavras dizer isto que nos falta, que nos faz falta e que é, na essência, a não-palavra? É o indizível, não o não-dito, mas o indizível que circula o tempo todo em algum lugar dentro de nós. Se sai para fora é energia contida, disseminada, filtrada. Pobre selvagem! O homem civilizado não te quer por perto. E, no entanto, é da guerra dos dois — por que não do diálogo? — que é feita esta matéria ou energia que chamamos de "nossa vida", "minha vida". Batalha interna e diária e noturna — acordado e dormindo. O sonho é uma sombra, projeção desta guerra pessoal e intransferível, são recados, tentativas de mensagem que o primitivo emite e manda para o civilizado. Como se fosse um diálogo com linguagens diferentes, alfabetos diferentes — um fala em chinês ou russo e o outro em alemão ou tupi-guarani. Um diálogo sem comércio, sem troca, por isso seria mais correto dizer não-diálogo. São dois monólogos que não se encontram, não se cruzam, não se completam. Fricção, choque, mas também equilíbrio: instinto de sobrevivência. Ficção, choque. Afinal, o que faz o homem continuar a viver, o que o mantém vivo? Ora, estou filosofando e por mais que eu filosofe não saberei a resposta. Ou as respostas. No nível biológico, o homem precisa comer e dormir (com os seus sucedâneos ou opostos: "descomer" e manter-se acordado). Num outro estágio precisa fazer alguma coisa, usar as mãos e a cabeça. Depois, precisa acreditar em alguma coisa — crença, crendice, fé, religião, vocação, profissão, ideal, etc. Acreditar em alguma coisa que possa justificá-lo, preenchê-lo, completá-lo. Pobre de quem não acredita em nada — para esse, a vida é mais difícil. Porque não tem sentido, motivo ou direção. Atravessamos o cotidiano, mas é o cotidiano que nos atravessa. Lado de dentro e lado de fora — intercâmbio, oposição ou interação. O lado de dentro saindo para o lado de fora. Quando há um desequilíbrio — lado de dentro predominando: o chamado introvertido — é necessário que se crie ou se adquira um ritmo adequado. O mundo interno fortalecido, há carreiras para o mundo externo. Surgem desequilíbrios, descompensações. Mas o que digo, afinal? Já vai longe esta filosofia caseira. Estou pensando ou penso que estou pensando? O problema é: o que é o homem? Que tal ser mais modesto e perguntar: quem sou eu? De nenhuma das duas perguntas sei a resposta. Às vezes me vem à cabeça o título de uma peça de Plínio Marcos: jornada de um imbecil até o entendimento. E penso logo: esse imbecil sou eu. Que não consegue chegar até o entendimento. Preciso reconhecer e aceitar minha precariedade — ou precariedades. Meus limites, arredores. Aí talvez saberei da minha real potência, minhas forças. Estou me levando — e a vida — a sério demais. Não deveria. Lembrar sempre do seguinte: preciso começar a rir.

Onde é e como é que se aprende a rir?

Hoje dei para divagar. Devagar. Não acabo nunca de fazer perguntas. Mais uma: por que será? Cavalheiro andante (sentado agora) e divagante no meio da noite em Livramento, nesta cidade do País dos Ponteiros Desencontrados que é Aldara...

Pronto: me situei.

Saí das alturas e desço aos poucos do mundo das nuvens.

Piso no chão.

Mas não consigo por muito tempo e levanto vôo de novo.

Disparo para o desconhecido.

Faço de mim mesmo um ensaio, um instrumento de viver — e às vezes não me percebo.

Estou voando. Mais leve que o ar.

E no entanto, não sou pássaro, ave. Sou, se não me engano, o que chamam de ser humano. Deveria ter os pés na terra. Moro num quinto andar. Estou falando de alturas. Altos e baixos.

Um dia ainda desço. Caminharei com os vivos, mortais. Em direção a.

Em direção a algum lugar.

Chegar.

E depois de chegar? Partir de novo? Inventar caminhos, criar direções. Sair deste delírio que é viver e não viver. Até quando?
Mas onde estou mesmo?
Para onde vou, não sei. Só sei que é por ali.
Adiante, Cavaleiro da Triste Figura.
Prenda a respiração e tente segurar o futuro nas suas mãos. Sim, ele escapa, escorrega, foge. Avistá-lo, ao menos. De longe. Será uma paisagem o futuro? Ou uma idéia, situação? Onde existe o futuro que não existe em mim? Na vida? O futuro é um pássaro que voa, já cansado de ser avião. (É uma frase do Mautner. A rigor não significa nada, mas é intrigante.)
Estou combatendo a tristeza e driblando a solidão. Com este diário. Hoje. *Blue, blues.* Por que estarei triste? E solitário embora não sozinho?
Alice voltou da ópera, não gostou tanto quanto de *Tristão e Isolda*. Contou detalhes da encenação, comentou. Mas já foi dormir há uma meia hora e cá fiquei eu com os meus botões. Os fantasmas da noite rondando minha cabeça. Com medo ou sem medo, preciso enfrentá-los. Fantasmas são fantasmas, se desfazem. Como este sentimento *blue*, esta tristeza que está chegando. Sem nenhuma razão. Sensação de luto, sem nenhum morto. O morto sou eu. (Isso já não é mais tristeza, é depressão. Reagir: eu não sou o morto. Sou vivo e vivo esta aflição de estar vivo. Neste diário e hoje, confesso: estar vivo dá muito trabalho. É difícil. Não basta respirar.)
Adeus, tristeza.
Boa noite, solidão.
Azul, azuis. Vou fazer outra coisa.

Eu sou um leitor dos outros.
E, tendo assim dito e escrito, o escritor fechou o dia e a noite e mais uma página do seu diário. Antes deu "boa-noite" a seus inúmeros e inexistentes leitores.

(E se a vida for uma aventura pendurada no vazio?
Tarde demais para percebê-la assim. Ou será que já sabia disso desde a juventude, do doce pássaro da juventude?
Doce? Pássaro?)

LIVRO X

PEQUENO TRATADO DAS PAIXÕES
(Obras incompletas da juventude)

Será que alguém nunca pensou em escrever um livro que fosse o livro de um livro que nunca seria, porque não poderia ser escrito? Ainda mais se ele — o tal livro pensado ou sonhado ou vivido — não fosse mais do que a junção ou a soma (só possível matematicamente) de vários outros livros também pensados sobre um livro que fosse o livro de um livro que nunca seria escrito.

É tudo noite, deserto e pântano nessa travessia que é a criação, ainda mais, de um personagem (que não existe) — sobre a reconstituição de uma vida (que nunca viveu) e isto sob a forma altamente suspeita de uma biografia.

Nos encontros — e longas escutas, da minha parte — com Manduka Gonzáles (por sugestão de meu assistente Franzkafka dos Santos) não havia me apercebido, ou me lembrado, pois fora uma leitura antiga, de uma advertência, cheia de verdade (e verdade ficcional!), de Vladimir Nabokov, em *A verdadeira vida de Sebastian Knight*:

"Não era senão o eco de alguma possível verdade, de uma advertência oportuna: não esteja muito certo de conhecer o passado através dos lábios do presente. Cuidado com o mais honesto dos informantes! Lembre-se de que, na verdade, aquilo que lhe contam tem três facetas: uma, formada por quem conta; outra, reconstituída por quem ouve e, uma terceira, oculta de ambos pelo morto de quem se fala."

Tirando o "morto", pois nada se sabe sobre sua vida, logo, nem sobre sua possível morte, a frase se encaixa aqui como uma luva. E a mão, a mão que a preenche ou deverá preenchê-la, é a juventude.

A juventude de João do Silêncio.

Em vez de continuar procurando provas testemunhais de sua existência, resolvemos optar por provas documentais. Aqui a dificuldade não desaparece, mas assume outros aspectos e proporções, pois tais documentos são... ficções ou poesias. É através deles que vamos captar alguns sinais da juventude do autor-pernagem-biografado.

Entre os inúmeros malotes que Jean-Luc Carpeaux vem me enviando ao longo de alguns anos, como meu contratado específico para levantar os traços e passos de João do Silêncio pelo mundo, e que já me resultou em *O país dos ponteiros desencontrados* e *Livramento*, encontra-se um envelope anotado como "Escritos incompletos e inéditos de João do Silêncio, dos 15 aos 20 anos".

Foi Franzkafka, depois de pesquisar as remessas antigas de Jean-Luc Carpeaux, quem me trouxe o envelope em questão, com a seguinte observação em forma de bilhete.

"A vida de João do Silêncio, era preciso que alguém a contasse, que se lhe contasse os fragmentos pelo menos, já que o material que temos não vai do começo ao fim, como qualquer ou todas as vidas, e isso por várias razões:
1. Ele ainda não se proclamou vivo nem morto;
2. Não temos nós o direito de fazê-lo morrer, da mesma forma como não teríamos o direito (mas se trata aqui de direito?) de proclamá-lo nascido — mas mesmo assim...

A vida de João do Silêncio é uma sucessão de fragmentos que se re-fazem em um fragmento só, enorme e minúsculo, como qualquer fragmento, dependendo do lado do telescópio que o observamos. Ou do binóculo.

Já vimos que ele nasceu no meio das selvas, uma espécie de capítulo de sua própria obra denominada *História geral dos dias e das noites*. Os dias e as noites que são caminhos ou sendas por onde percorre qualquer vida, veredas — tudo, tudo acontece e não acontece, nessas veredas-avenidas de claro-e-escuro, sombra-e-sol, chão e céu."

Mas antes de contá-lo mais, faz de conta que somos interrompidos por uma campainha de telefone. Ou por uma bala perdida — felizmente lá fora, na rua. Ou por qualquer coisa, enfim.

Somos — a narrativa — interrompidos para se ouvir a voz do próprio João do Silêncio quando jovem, e que ele mesmo intitulou:

O QUE RESTOU DO INCÊNDIO DOS MEUS QUINZE ANOS

POESIA ALADA

Quisera fazer poesia da borboleta.
Suave, macia — cores voando.
Asas em riscos, desenhos no ar.

Borboleta voando é poesia alada.

FELICIDADE

Amigo, não ria.
Eu ontem dormi com ela.
Ali, naquele banco de praça,
dormimos juntos.

(Amigo, não conte nada:
eu ontem dormi com a madrugada.)

VERSOS SOLTOS NO AR

& um sino badala na igreja
e fura a noite um grito fino

& noturnos silêncios soturnos
brincam dentro de mim

& ponho meus olhos nos teus
passeio pelo mar verde de ver

& tens um olhar macio
onde posso descansar o meu

& mas espero: aprendi paciência
com o vai-e-vem das ondas do mar

& a solidão nunca vem só,
traz consigo tédio e tristeza

& contemplo a fauna natural
e a fauna humana me contempla

FACA

— A faca não tá cortando...?
— Fica difícil...
— Não tá afiada...
— E é pequena...
— Experimenta de baixo pra cima.
— Não dá...
— Não dá por quê?
— Já tentei...
— Então pros lados...
— É o que eu tou fazendo...
— Se fosse faca de escoteiro...
— De cozinha...
— Trabalha-se com o que a gente tem...
— Você acha que alguém vai descobrir?
— Claro.
— E alguém vai desconfiar...?
— Não é problema nosso.
— Eu sei, mas...
— Nossa parte tá praticamente cumprida.
— Só falta mais um pedaço...
— Pronto.

O corpo em partes, e o sangue escorrendo pela mesa — já uma pequena poça no chão.

PORCO

Voltava para casa tarde da noite, tropeçando nas pernas, caindo de bêbado. Levado por uma mão invisível entrou por um desvio, a caminho da roça. Escuridão e silêncio, logo quebrado pelo barulho do galinheiro. Madrugada, o primeiro canto do galo. "Tou em casa", pensou. Tinha que atravessar antes pelo chiqueiro, logo adiante, seu barraco. Ouviu os porcos, parou — cansado e tonto. Encostou-se na cerca. Virou o corpo, debruçou-se. A cerca cedeu — ou ele caiu? Lentamente percebeu o corpo deslizando, sentiu por fim lama e sujeita. Sem forças para erguer o corpo. Chegou a espernear na lama, única reação. Ajeitou o corpo, já esparramado.

Dormiu.

O barulho e a lua pousando na cor branca do rosto atraíram os porcos. Fizeram um círculo em volta dele, cheirando ele todo. Depois, devagarinho, morderam seu rosto.

Comeram seu rosto todo. Não dava para notar o sangue misturado com lama e excrementos. A noite era um breu.

GATO

O gato andava pela rua, miando como se implorasse por alguma coisa. Talvez fome. Não era um gato vagabundo, tinha fitinha no pescoço. Ao dobrar a esquina, um grupo de moleques. Agarram o gato, não sem certa dificuldade. Jogavam o bichinho de um lado para o outro. Um garoto amarrou um barbante no rabo do gato e começaram a puxar por ele. Miava o gato e tentava alcançar o rabo com a boca, num gesto inútil devido às voltas que ele dava, puxado por eles. Um dos moleques apareceu com uma garrafa e jogou o líquido da garrafa no gato. Alguém acendeu um fósforo e... O gato se acendeu de imediato e saiu correndo, o barbante ainda amarrado no rabo, e pôs-se a correr, agora uma tocha, desfazendo-se logo em seguida na calçada.

Sobraram o barbante e os miados.

SONHO

Juro que foi ela quem pediu, doutor, o que é que eu podia fazer?
    Eu não queria, juro que eu não queria.
    Ela me implorou, me implorava dia e noite, quem agüenta. Dizia que era seu sonho. Que desde criancinha queria porque queria ser amada por um assassino. Não sossegou enquanto não me...
    Mas quando virei assassino, ela não podia mais me amar.

GUERRILHA

Fadiga, desolação — já comi todo o capim à minha volta, até onde eu pude me arrastar, com minhas pernas feridas de bala.
    Quatro dias, quatros dias já debaixo desta árvore. Só capim, as pernas doendo, paralisadas.
    Meu companheiro não agüentou e morreu ontem, ou anteontem, não sei. Tá aqui ao lado, esparramado, olhos abertos ainda.
    Bem que podia passar alguém do grupo... Limpei o capim à minha volta, restou um semicírculo irregular até onde eu podia me arrastar.
    A água do cantil terminou, minhas entranhas dão um nó, fechando, sufocando meu estômago.
    De vez em quando, tiros ao longe.
    Água, água, comida...
    Me resta a faca; minha faca, tiro minha faca da cintura, corto ele e.

JANTAR

Rádio ligado, a última discussão — e ele matou a mãe na sala de jantar.

Apagou o rádio e foi para a cozinha para terminar de comer em paz.

OLHO

No momento em que o olho foi perfurado, e com a boca fechada com esparadrapo, ele cravou as unhas no braço da velha poltrona. Em seguida, com certo cuidado, uma pequena concha foi enfiada na cavidade ocular, já ensangüentada — até o fundo; puxada depois, lentamente. Barulho seco quando a concha saiu e o olho com ela. Sangue escorrendo. Em seguida o homem de branco dirigiu-se à pia, lavou o olho e colocou-o dentro de um vidro.

O homem de branco tirou as luvas e acendeu um cigarro.

De repente, um barulho. O vidro se espatifara no chão e o gato brincava com o olho. E, antes que alguma coisa pudesse ser feita, o gato engolia o olho solitário. O homem-sem-olho dormia desmaiado na velha poltrona. Talvez sonhasse — um mínimo espaço fechado escuro avermelhado, uma bola vista de dentro, as paredes em volta molhadas. Uns restos de sardinha no canto.

O homem-sem-olho custou a perceber que era o estômago do gato.

SEGUNDA PARTE

LIVRO XI

"MINHA ALMA É UMA ALMA-DE-GATO"

Contribuição involuntária de Marguerite Duras, como se fosse epígrafe, em perfeita embora aparentemente dispersa consonância com tom de liberdade criativa pretendido ou desejado do livro em questão (esse que você está lendo, leitor, e não o de Duras, que, aliás, é *O vice-cônsul*), e relativas às... às... — a quê mesmo?

Não sei, mas em frente:

"Como não voltar? É preciso perder-se. Não sei. Vais saber. Gostaria de uma indicação para me perder. É preciso não ter segundas intenções, dispor-se a não mais reconhecer coisa alguma do que se conhece (...) dirigir seus passos ao mais hostil ponto do horizonte (...) uma espécie de extensão imensa do pântano que mil escarpas cortam em todos os sentidos, não se sabe por quê."

22 de julho de 1986 (Terça)

Olhar errante, ao léu, esquizo.
Disse para Narciso que a conclusão do meu livro (e a futura e distante e só provável do diário) etc etc etc... deveria ter alguma coisa de revelador etc etc... pelo fato de nele expor e revelar... (O quê?)........ .... e ele falou que era mais o fato de eu só estar percebendo agora...
Meu olhar.
Olhar sobre o mundo.
Esquisito, o olhar; logo, esquisito o mundo...

Converso comigo mesmo, diálogo circular.
Eu e eu.
O eu que escreve e o eu que lê.
E estamos conversados.
É o suficiente.
Por hoje, diário.
Escrevo para me entender. Desenrolar o carretel interno dentro da cabeça e do peito. Desfazer alguns nós. Análise e síntese, o movimento das marés, vai e vem, luz e sombra. A necessidade de. Ou será que não? Sim, claro: tornar-me obscuro? Que ninguém me entenda. Isolado.
Peço desculpas para ser louco. Não fazer sentido.
Mas não sou louco embora pudesse ser...
Ser o quê?
Aquele louco que diz que não é louco?
Nada, não está aqui quem falou.
Um, dois e três. Conto os minutos. É assim que eu vivo. Prisioneiro, como os ponteiros do relógio. O tempo é meu assunto. Olho

as horas. É tarde. "É tarde, amor, eu já vou indo." O tempo. O tempo anda, viaja, muda, mas sempre em seqüência, em ordem. Um minuto atrás do outro. Um minuto não atropela o outro, fica em seu lugar, espera sua vez de passar. Escrevo e os minutos passam. Estou portanto perdendo tempo.

Ou não?

Que horas são?

Será que "Tudo vale a pena, se a alma não...".

Novo parágrafo e nenhuma idéia, nova ou velha. Por que então começá-lo?

Não sei; preciso escrevê-lo. Ainda que seja pequeno e inexpressivo e termine aqui mesmo.

Não acabo nunca de fazer perguntas. Mais uma: por que será? Cavaleiro andante (sentado agora) e divagante no meio da noite em Livramento, nesta cidade do País dos Ponteiros Desencontrados que é Aldara — mas onde fica o meu exílio?

Pronto: me situei.

Saí das alturas, desço aos poucos do mundo das nuvens.

Piso no chão.

Mas não consigo por muito tempo e levanto vôo de novo.

Disparo para o desconhecido. Paro o desconhecido, para o...

Faço de mim mesmo um ensaio, um instrumento de viver — e às vezes não me percebo em plena errância, em pleno vôo.

Estou voando. Mais leve que o ar, ave ave...

Minha alma é uma alma-de-gato
Voando pra onde eu nem sei
Alma-de-gato é um retrato
De tudo o que fui e serei

Alma e retrato dos outros;
olho de lince; outro, cego

de tudo o que vi e não sou
De tudo o que fui e não vou

Minha alma é uma alma-de-gato
De tudo o que sei e não sei...
alma-de-gato é um retrato
De tudo o que fui e serei.

Mas não, não, não sou pássaro, ave.
Sou, se não me engano, o que chamam de ser humano.
Deveria ter os pés na terra.
Moro num quinto andar. Estou falando de alturas. Altos e baixos.
Um dia ainda desço. Caminharei com os vivos, mortais. Em direção à.
Em direção a algum lugar. Talvez Pasárgada, talvez Shangri-lá, talvez Maracangalha.
Chegar.
Adiante, Cavaleiro da Triste Figura.
O presente te escapa por entre os dedos? Prenda a respiração e tente segurar o futuro nas suas mãos. Sim, ele também escapa, escorrega, foge. Avistá-lo, ao menos. De longe. Será uma paisagem o futuro? Ou uma idéia, situação?
Estou combatendo a tristeza, driblando a solidão.
Que roupa é essa que me prende e me limita?
Restam os olhos e os ouvidos.

14 de julho de 1986 (segunda)

Acordar e tomar banho.

* * * * * *

Girando como uma roda, rolando como uma pedra sem parar, a obsessão — necessidade de escrever recomeça, talvez não tenha parado, pressiona meu peito e se reflete na cabeça, e acendo um cigarro, abro a agenda-diário, pego a caneta (já é a terceira; as outras duas acabaram a tinta, foram vencidas por mim e pelo uso) e retomo, recomeço, escrevo, como se já nem importasse mais o que e por que escrever.

Escrevo, e pronto.

E ponto.

E se eu delirasse? Abrisse a tampa da cabeça e deixasse sair todo o vapor, toda a energia, todas as palavras soltas e loucas e perdidas? Um delírio "irreversível" — e delirar não posso.

Sou um animal.

Racional.

E irracional.

Há muito deixei minha loucura de lado, sufoquei-a. Tenho a cabeça no lugar. Em cima do pescoço. A diarista que veio hoje já esteve internada como louca, levou choques, toma remédio — estarei relacionando-a com a minha loucura? Minha loucura que não aparece, que não se mostra, que não se expõe — essa loucura de um ser normal. Serei normal? Anormal? Ou apenas esquisito comigo mesmo e esquisito com os outros. A cabeça é uma panela de pressão — quando libertarei a loucura que me libertará? Penso em Van Gogh, Artaud, Nietzsche. Os últimos anos de Nietzsche, o seu silêncio diante do piano silenciado, a irmã tomando conta. Não terei mãe ou irmã para tomar conta de mim, não posso me dar ao luxo de enlouquecer. Delirar, ao menos? E se eu delirasse? Abrisse a tampa da panela de pressão da cabeça e deixasse, etc. A lógica do delírio não é lógica. Ou é: uma lógica de ferro. Sonho com pássaros, liberdades impossíveis. Quero-quero, alma-de-gato. O mundo é uma roupa com que me visto e me seguro. Camisa de força. Em cima do pescoço, a cabeça — também nas nuvens. A altura me embriaga e me dá vertigens.

Vou cair.

Estou caindo.

Mas não passo do chão.

O chão como metáfora soa como realidade. Todos ao nível do chão. Eu também. Mas meu chão é de um quinto andar, chão alto. Me aproximo das nuvens, sinto que posso tocá-las com os dedos. Minha mão atravessa o ar que é a nuvem e nada consegue tocar. Intocável. Minha mão hesita no vazio — hesita e se recolhe. No momento segura uma caneta e escreve. O que estará escrevendo? Frias descrições ou quentes delírios? Registra o nada. À meia noite serei nada. Nada além disso, nada além de um minuto: n-a-d-a. E nada será para sempre até que tudo se cumpra. Esse jogo entre o nada e o tudo e uma vida a balançar, a se equilibrar... Vida, que vida? A vida de. Eu escrevi "vida". A vida do. Quebrar a frase, a palavra. Para reinventá-la e encontrar a linguagem que. Linguagem, enfim, que me diga, me defina — uma gramática da vida. Paris está tão longe e eu não deliro mas solto o pensamento. Vejo minha mão escrevendo entre duas linhas azuis e me pergunto até onde vai este diário, e por quê, por quê. Escrevo um diário porque não sinto o cotidiano ou porque vivo o cotidiano e ele me pesa demais. Porque quero fazer perguntas e achar respostas — estou cercado de perguntas e respostas que não se encaixam, não se encontram. Sou um desencontro marcado — comigo mesmo... E eu não tenho Deus. Só tenho a mim mesmo e sou um ser precário, várias partes me faltam — que falta elas me fazem! Por que encontrar Deus, e sobretudo como? Ou o contrário: como encontrar Deus, e sobretudo por quê? Deus falha, criou o mundo e se esqueceu dele. Agora é ausência. Ele partiu para um planeta desconhecido de romance de ficção científica. A Terra é redonda mas cheia de buracos, elevações, fossos. Onde estou que não me encontro em mim? (Sá Carneiro ou Gomes Ferreira?) E se eu delirasse? Voltar ao início de tudo, a mim mesmo. Já que Deus não existe, existo eu.

Em vez de Deus, uma pessoa — e é o passado protestante que me faz falar em Deus. Protestando. Em concorrência com ele. Eu sou o Deus que não existe. Protesto.

Se não deliro, devaneio; e volto a mim mesmo e a meus arredores, às linhas que me limitam. Volto a meu ego e a meu superego, que me dizem: você não está livre do narcisismo e da megalomania. E eu respondo: sim, e daí? Mas não deixo de me preocupar um pouco. O superego é um desmancha-prazeres. Furou o meu balão. (Milena é que usava esta expressão. Soube que voltou da Europa e está em Aldara. Como pode alguém que foi necessário passar a ser distante?)

Fecho os parênteses e não penso mais em M.

Não penso em nada.

Viagem à volta do meu quarto. Uma frase e (o) título do livro de Sterne que li na adolescência. Não me lembro. Não me lembro da minha adolescência. Mentira. Num passe de mágica ela aparece diante de meus olhos. O primeiro cigarro, partidas de futebol, acampamentos de escoteiro, as primeiras poesias, as primeiras paixões, colégio, livros, jornal, nadar e festas e festas. Eu e a turma, pois só então tive turma. A conquista do Pássaro de Ouro. Adolescência é uma travessia eufórica e hesitante, vital e angustiante — uma travessia. Que custa a passar. Não penso mais em M. Mas penso. Pulo de minha adolescência para ela. Era bonita, rica e inteligente. Da insegurança ao ciúme, um passo. Vivi a paixão e a separação com intensidade e confusão. Muita alegria, muita dor. Descrever uma paixão é falar banalidades que quase todos já viveram — mas quando a vivemos, achamos que é única. Os dois escolhidos pelos deuses — e os outros chegam a notar certa aura envolvendo o casal. Basta ver nos olhos de um apaixonado: ele sente-se divino enquanto está sendo ridículo. Faço caricatura. Foi sério enquanto durou — e depois. Nada mais forte do que a primeira ou a última paixão. Coisa de adolescente em gente madura. De repente, cabeça virada, mudanças constantes e desastrosas para terceiros. Acontece com todo mundo. Uma sensação de morte — e vida, paixão, tesão.

Reconstruir a vida.

Ando me confessando, dizendo coisas íntimas e passadas e sinto certo pudor por isso. Mas um diário não deveria ser sincero, aberto? Sim, mas. O que tenho é de perceber os limites, que todos os têm. Até onde posso me expor? Devo confessar uma derrota? Um vício? Mostrar minhas fragilidades? Ou serão essas as confissões de uma máscara?

Até onde for consciente, não usarei máscaras. Me exponho e faz de conta que ninguém vai ler este diário, que ele nunca será publicado. Mesmo que, no fundo, eu pense o contrário. Mentira. Sou anônimo e invisível e não tenho nenhuma obrigação de ser coerente. O que penso e sinto hoje não pensei e senti ontem nem pensarei e sentirei amanhã.

Será?

Este diário é um moto-contínuo descontínuo. Um eterno retorno sem nunca ter ido.

É tarde e estou cansado.

Me exponho, mas não a ponto de deixar vocês (?) me verem dormir.

(Seria demais, não é?

Me levanto, ninguém por perto.

Que ele — Ninguém — durma também.)

E tendo assim dito e escrito, o escritor fechou o dia e a noite e mais uma página do seu diário. Antes dá "boa-noite" a seus inúmeros e inexistentes leitores.

LIVRO XII

EQUILIBRISTAS E CONTORCIONISTAS

"Será que vocês pensam que nós estamos brincando?"
Groucho, falando pelos Irmãos Marx

1
POR QUE É TÃO REBELDE O PASSADO?

Foi no final dos anos 80 — no interior de Aldara.

Aldara ficava muito longe do mundo, na época em que os relógios falavam e todos os ponteiros eram desencontrados — e assim prometiam ser para sempre. Recuando séculos sobre séculos, parecia que o relógio espiritual e mental andava ainda sempre atrasado ou desregulado. E dizer isso era como um elogio (palavra na hora certa: relógio sem r e sem acento: elogio), não uma crítica, e assim era e todos pareciam orgulhosos disso.

Ele ainda se lembrava muito bem, e não passava de um jovem e...

Mas ele era e não era uma engrenagem mecânica das horas e voltava de longos exílios no Brasil, Europa e Américas, voltava agora a Aldara para as cerimônias do adeus — uma sucessão de... mortes.

Com se viesse ao enterro do seu passado.

(Por que era tão rebelde o passado?)

Seu passado estava morrendo. Já morrera muito cedo, na infância, quando silenciara para sempre o piano da mãe.

Agora, o enterro do pai e da madrasta-segunda-mãe, quase juntos.

E seis meses depois, a irmã mais nova — do mesmo câncer que matara a mãe, na infância dos dois.

E quando todas as cerimônias pareciam encerradas — e os corpos enterrados — e João de Silêncio já de volta ao seu cantinho no exílio, foi a vez de...

2
UMA VELA PARA MANDUKA GONZÁLEZ

— Ai! Ai! Ai! — a velha saía gritando, e ela era gorda, a voz chocha, as carnes balançando.

Que ela estava maluca, todos diziam.

Seu Manduka González, mestre da Caverna dos Meninos, aposentado, atravessava as tardes na esperança do jantar; sentado numa cadeira de palha na calçada em frente de casa, mexia com a velha, que ficava braba, xingava, e ele ria, a mão curvada à boca, como se quisesse conter ou esconder o riso.

Seu Manduka González há muito chegara à "segunda infância": se aproximava dos cem anos.

("mentira!" reagia, "sou tão antigo quanto a Grécia!")

e dizia não viver de lembranças

— "esquecer é abrir espaço para viver mais".

Ficava muitas hora na cadeira de palha, na porta de casa; conversava com quem passasse, as empregadas, os vizinhos, velhos conhecidos e desconhecidos. E, depois da *siesta*, dava uma volta no quarteirão, as mãos para trás e os olhos entre o chão e o espaço da rua e o que lhe restava do passado ou da memória:

— Minha família vem de Siracusa, Esparta, Delfos e Atenas e tá toda espalhada por aí, aqui em Aldara e em outras lonjuras do mundo. Meus meninos cresceram e foram cada qual para um canto. Criei centenas deles na Caverna dos Meninos, muitos Hércules, Ulisses, Joões e Josés, já nem conheço mais o rosto deles. De vez em quando recebo cartas de um ou outro, só pra dizer que estão vivos...

— O senhor gostaria de voltar para a velha Grécia?

Ele ria:

— Como voltar se eu nunca saí dela? O País da Memória morreu antes de mim; mas continua aqui, em Aldara. Pelo menos lá dentro de mim, que hoje não se respeita mais os velhos.

Às vezes ficava nervoso, e caminhava pela casa velha de um lado para outro, o piso rangendo, da janela da frente até o pátio, como se procurasse um fio, um fio de terra, uma fio de linha, que o ligasse a alguma coisa, a si mesmo talvez.

Sempre o mesmo itinerário, ia e vinha, ia e vinha.

E quando não agüentava mais, colocava a cadeira na calçada.

Um dia (já não sabia que os relógios tinham ponteiros desencontrados: há dez, vinte, trinta anos?), a polícia bateu na sua casa atrás de um dos meninos — "essas coisas de política" —, e ele escondeu o "filho", deu dinheiro pra ele, "Vai, vai, atravessa a fronteira, fique longe de Aldara. Você já está preparado..."

Assim contava o velho e depois narrava a história do Pássaro de Ouro.

Agora, quando medrava na rotina da velhice, os dias eram mais compridos.

Ele dizia que as coisas mudaram muito, mas mudaram para continuar as mesmas. Sentia os olhos irritados, doendo e — ouviu no rádio: "Use Lisoform dos pés à cabeça" — o velho Manduka Gonzáles comprou o remédio na farmácia ao lado e passou nos olhos. Que arderam muito: uma semana de olhos vermelhos. E quase não dormia mais, comia escondido à noite, restos do jantar da geladeira — passava mal o resto da noite.

Um dia, sem mais nem menos, ele convidou a empregada para se casar. Amigos e familiares se assustaram. Depois riram, mexiam com ele:

— Então, vai casar seu Manduka?

No dia 25 deste mês não riram mais.

Choraram

(inclusive a velhinha maluca que gritava quando ele mexia com ela) muito muito muito.

Manduka González conseguira dormir: dormiu muito e sonhou com Jasão e os Argonautas, com o Pássaro de Ouro, com sua "santa e sábia terrinha", com o País da Memória — dormiu tanto que não acordou mais.

E, pelos cantos de Aldara, cantaram as almas-de-gato.

3
CONJUNTO DE ESTILOS ALEATÓRIOS

Foi a notícia que Frankzkafka dos Santos me trouxe, depois de uma viagem sentimental ao coração do País dos Ponteiros Desencontrados, pois não sei se disse antes (distração ou astúcia de narrador e de seu auxiliar) que moramos ambos no Brasil, em exílio, bem longe e bem perto de Aldara.
Uma vela para Manduka González, pois...
...pois lamenta-se aqui a morte de um personagem, ainda que personagem secundário; lamenta-se também (e corremos o risco de parecermos objetivos ou interesseiros demais) que tenha morrido, depois de tão longa vida, logo agora, antes que pudéssemos extrair dele novas informações que poderiam ser providenciais para a continuidade desta dita, bendita e escrita biografia.
Biografia já em si descontínua, por outro lado, pois este retrato de um artista enquanto jovem, invisível, famoso e desconhecido, sofre de disritmia, intercalando-se com comentários às vezes até pertinentes, mas não raro anódinos, num estilo (se estilo houver) ou num conjunto de estilos aleatórios, abstratos ou descaradamente digressivos, como foram acusados, séculos antes, De Quincey e Sterne.

4
DIGRESSÃO SOBRE DIGRESSÃO

E já que falamos em estilo e em Sterne, interrompemos mais uma vez (digressão dentro da digressão) a possível unidade ou suposta unicidade desta narrativa para citar um texto de *The Sentimental Journey* a fim de dizermos com mais abrangência e quiçá pertinência o que supostamente estamos em vão tentando dizer aqui e ali, em outras páginas remotas espalhadas ao longo do livro.

O objeto da citação que se vai ler foi foco de muita discussão entre o narrador e seu assistente. Achava Franzkafka dos Santos que o trecho em questão deveria ser registrado no original; argumentava eu que

1) nem todo leitor (aliás, poucos) sabe ler em inglês; e
2) menos ainda num inglês clássico do século XVIII.

Chegou-se a um impasse até que (seguindo conselho de Mallarmé) resolvemos a questão por meio de um jogo de dados.

Venceu o texto em inglês, mas não se preocupe o leitor por esta mostra de erudição (de resto, inocente ou desnecessária), pois, não sendo o texto essencial para seguir o fluxo (!) da narrativa, ele, o leitor, poderá, sem maiores prejuízos e delongas, pular diretamente para o capítulo seguinte.

5
CAPÍTULO DE PASSAGEM

"It must have been observed by many a peripatetic philosopher, that nature has set up by her own unquestionable authority certain boudaries and fences to circunscribe the discontent of man: she has effected her purpose in the quietest and easiest manner by laying him under almost insuperable obrigations to work out his ease, and to sustain his sufferings at home. It is there only that she has provided him with the most suitable objects to partake of his happiness, and bear a party of that burden which, in all countries and ages, has ever been too heavy for one pair of sholders. 'Tis true we are endued with an imperfect power of spreading our happiness sometimes beyond *her* limits, but 'tis so ordered, that, from the want of languages, connections, and dependencies, and from the difference in education, customs, and habits, we lie under so many impediments in communicating our sensations out of our own sphere, as often amount to a total impossibility."

Lawrence Sterne, *A Sentimental Journey through France and Italy*, 1768

6
CAPÍTULO SEGUINTE:

E assim pulamos para o capítulo seguinte. Esse mesmo, que aqui começa ou prossegue.

— De qualquer forma valeu a pena — me diz Franzkafka dos Santos, sem perder a objetividade (aliás, é possível que, sem ele, minha narrativa viesse a ser só digressão) — dá uma examinada nisso aqui — e depositou nas minhas mãos uma pasta com papéis e uma fita de gravador.

Foi o que fiz nas semanas seguintes.

Examinei o material, e meu assistente-narrador tinha razão: textos soltos, uma carta, anotações esparsas, poemas manuscritos e esquecidos e depoimentos de amigos de infância (alguns fracos; outros, suspeitos) me ajudariam a enriquecer a vida de João do Silêncio.

Era questão de selecionar e...

7
UMA CARTA PARA MILENA

"Paris, tudo indica, foi a porta de entrada de João do Silêncio para os diversos países em que tem vivido. O mérito da carta — que não começa como carta — enviada em 1978 à sua amiga e ex-mulher Milena (foi ela mesma que me entregou a "missiva" e pediu para ocultar seu sobrenome), hoje uma bela senhora com cerca de 60 anos, o mérito, dizíamos, é o de fixar os primeiros dias de seu desaparecimento de Aldara, o início de seu já longo exílio."*

Minha irmã estava de casamento marcado. Em Aldara. Devo ter chegado uns dias antes pois quando vi, quando percebi, eu também estava de casamento marcado, e no mesmo dia que ela. O que aconteceu comigo nestes poucos dias, não sei; o que sei é que estava obrigado, forçado a me casar. Era uma bela filha de fazendeiro. Quando cheguei ao meu quarto de hotel, três ou mais pessoas faziam minha mudança para um quarto maior, para onde eu deveria passar assim que me casasse. Ao que parece, eu estava resignado — e assustado. Casaria, sim, e depois me mudaria para a Cidade Grande, seria, tudo levava a crer, um casamento tradicional. Não havia discussão, a moral de Aldara, exercida com autoridade indiscutível pelo pai fazendeiro, fazia com que eu me encaminhasse para o casamento. Sim, eu me casaria, sim; depois, quem sabe, romperia com o sogro e me sobraria uma fazendola onde melancolicamente terminaria meus dias. Bovinamente. Mas eis que passo por uma sala, onde alguém (figura da mãe) assiste em pé alguma coisa (talvez o casamento da minha irmã). Me aproximo e nos abraçamos;

---
* Nota de Franzkafka dos Santos, narrador-assistente.

ela chora. Pouco depois, estou numa sala ampla, do outro lado, sentado, olhos no chão, meu pai me diz que não compreende porque eu vou me casar em tão pouco tempo, ainda por cima com uma empregada (a filha do fazendeiro fora rebaixada). Eu olho pros lados antes de falar e só tem duas crianças, falo então, Vou me casar, pois, se não me casar, eles me matam. Há um corte e estou agora na rua, atrás de dois homens locais (e a cidade parece outra) e um deles diz para o outro que odeia o tal de Maximiliano que fica lá na Cidade Grande representando o prefeito (fazendeiro) e convidando gente para visitar a cidade. "Só a Cantora Careca, diz ele, já veio três vezes este ano por nossa conta."

Por que a Cantora Careca, não sei.

E — ufa! — acordo e é mais uma manhã parisiense, depois de uma noite em que Xicão e Marlis, uma Argentina lindinha, e eu saímos, derrubando, cada um, uma garrafa de vinho e eu me pergunto se o sonho não tem a ver um pouco com isso. Porque no fim da noite, no Chez George, Rue des Canettes, tomamos ainda aguardente de pêra, encontramos uma alemã (Marlis fala alemão) que se meteu na nossa conversa, que já não estava fácil (Xicão e Marlis se separando) e eu resolvi complicar a cabeça da tal alemã, alternando seu discurso sobre Razões e macumba, samba, que cultura era só um ponto de vista europeu etc. E Marlis me dizendo que deveríamos sair, só ela e eu, para jantar, e eu dividido entre uma moral antiga (de Aldara) e aquele ar frio e pro lado norte do Equador e de Paris às duas da manhã.

Desconfio que, se tivesse resistido ao tal casamento, o fazendeiro não teria coragem de me mandar matar; pelo menos, poderia ter tentado fugir, mas o pior é que, não, aceitei o fato como inevitável. Qual era o problema?

O fazendeiro.

Ou talvez a filha do fazendeiro, que afinal a filha é dele, que não se rebelou também (pelo contrário). Sei, não. Acho apenas que desabafo, pois esta é a primeira vez desde que cheguei, e lá se vão dois meses, que consigo escrever o que quer que seja. No caso, um sonho, revelador, embora eu mesmo não saiba (sei da Idade Média Moderna) de quê. Ao mesmo tempo, a filha do fazendeiro, pelo menos na cabeça, é um pouco a pequena Milena, aí de Aldara da época da minha caça ao Pássaro de Ouro.

Divago, e pelo amor de Dieu, não faça análise disso tudo, que perde o encanto. Talvez seja mais Reich do que Freud: porque devemos sublimar quando podemos gozar? Divago, ma petite, *pois venho de dois meses de choque cultural (ora...), tentando compreender e viver a corrente da vida que já encontrei por aqui prontinha e no seu fluxo, no meio do meu caminho. Talvez por isso não tenha conseguido escrever antes, e no meio do caminho fui assaltado por dois marmanjos, e reagi, dei socos, saí atrás deles no meio da noite gritando como um louco que deixassem, pelo menos, o passaporte, e dois dias depois a polícia encontrou meu passaporte e mesmo meus travellers' checks intactos, e, depois de ter vivido o inesperado/imponderável do choque e da agressão, vi um menino quase morrendo de heroína na minha frente e eu e mais alguém tentamos salvá-lo, e parece que conseguimos, mas me pergunto se ele não estará morto a estas horas, com suas picadas de dez em dez minutos, três dias e três noites sem dormir e sem comer.*

Depois tem a Florence, com quem converso, mas ela sempre em seu papel de francesinha que morou em Aldara e adora os aldarenses. "Ici, il y a quartiers et quartiers de solitude, ma petite", e ao mesmo tempo vou me sentindo em casa, com medo do dinheiro terminar e de eu não fazer o meu trabalho. A vida ocupa a gente, e a gente ocupa a vida e o não-fazer nada também é importante. Quando não ajo como estrangeiro, me sinto mais no cotidiano deles e deste ponto de vista posso dizer que cheguei mesmo a encontrar franceses simpáticos, apesar da lenda ao contrário. O bloqueio com a escrita não entendo muito, mas uma noite dessas comecei a escrever na cabeça um livro em francês, tinha até título: Le fou d'Aldara, que evidentemente se perdeu, mas que se anunciou com fluência na língua que, afinal, não é a minha.

Desculpe eu ter falado só de mim; é coisa rara.
Me conte de você.
Beijo
J.

P.S.: Você me pergunta se estou escrevendo. Estou escrevendo. As primeiras horas de O País dos Ponteiros Desencontrados. *E coisas soltas. Segue em anexo uma espécie de decálogo de... 13 ítens, notas para um manifesto pessoal e intransferível.*

8
MANIFESTO PESSOAL E INTRANSFERÍVEL

"Como não sou, nem pretendo ser, uma figura pública (leia-se, publicada), seguem anotações para uma auto-orientação, espécie de manifesto de uso pessoal e intransferível, sem outro objetivo se não a procura da auto-lucidez e da minha própria e possível criatividade/criação, com um caráter algo provocativo (para mim mesmo, claro):

1. Abaixo os contorcionistas da literatura alheia!
2. Abaixo os trapezistas que só entram em cena com uma corda amarrada na cintura e uma rede protetora lá embaixo!
3. Abaixo o escritor municipal, estadual e federal!
4. Abaixo os personagens tecnicamente bem construídos porque somos todos tecnicamente mal construídos!
5. Abaixo as reportagens, ensaios e aulas disfarçadas de romance! Abaixo o escritor-jornalista, o escritor-professor, o escritor-funcionário público! Abaixo o escritor realista, seja ele "mágico" ou "documentarista"!
6. Viva o escritor!
7. Abaixo a "seriedade" didática da divisão dos gêneros! Pela mestiçagem e pelo lúdico!
8. Liberdade para os grandes autores que vivem sob o jugo da academia e dos discursos oficiais, ao mesmo tempo, laudatórios, normativos e castradores! Liberdade para Machado de Assis!
9. Liberdade para a criação, pessoal e intransferível! Abaixo os "filhotes", seguidores deste ou daquele autor! Abaixo a ordem, a mediocridade e o bom senso

     que pretendem transformar o caosmos em produto nas prateleiras!
10. Chega de literatura — fora dela não há salvação!
11. Abaixo a literatura inédita, e o mistério que tentam criar em torno dela, de João do Silêncio!

Porque:
12. Há três tipos de escritor:
 os que escrevem porque aprenderam a escrever;
 os que escrevem para serem aceitos, publicados e lidos;
 e os que escrevem porque não poderiam viver sem escrever.

Finalmente:
13. Abaixo os manifestos. Não acredite em nenhum deles. Nem neste aqui.

9
CAPÍTULO FINAL E TRANQÜILO

Preguiça: já viram uma preguiça agarrada numa árvore? Ou se mexendo em câmara lenta num galho?
Não, não é preguiça, é tranqüilidade o que ela parece sentir.
Como o presente capítulo.
Capítulo tranqüilo.
Tranqüilo até demais.
É que nada tem acontecido, e havia uma necessidade implícita — por interferência do Id ou do Superego, quem saberia dizer? — de escrevê-lo.

Seja, pois.
E quanto menos palavras, maior a tranqüilidade.

LIVRO XIII

DIÁRIO DE BORDO DA CABEÇA DE JOÃO DO SILÊNCIO

(Um dia qualquer de 1988)

Pois quem se surpreende sou eu mesmo, ao escrever a primeira linha deste novo e pequeno caderno, o quarto, do que começa a ser uma série, espero que não interminável, embora longa, como toda série.

(Por que eu não escrevo mais um romance?
Resposta em *Peanuts*, de Charlie Schultz que constantemente desenha Snoopy, seu cachorinho-personagem, sentado em cima da casinha de cachorro com uma máquina de escrever portátil no colo, tentando escrever "the great american novel". E Snoopy nunca vai alem da frase inicial:
"Era uma noite escura e tempestuosa...")

Sim e não: o sim está dentro do não, que está dentro do sim. Assim é, ou parece ser, a vida que se lhe parece, que lhe parece e aparece, e as aparências, aliás como as transparências, costumam enganar.

Não se trata de um caso pensado, planejado; alguma elaboração, "mensagem" ou "comunicação", plano a ser construído, objetivo a ser alcançado. Um diário é de uma pessoa — esta, e não aquela; pessoa e não persona, muito menos personagem — portanto necessariamente "subjetivo", com tudo de rico e torto que isso signifique: é literatura de confissão. Literatura de alto risco, pois instável e experimental: a experiência com o próprio eu. Escrevo por compulsão, por necessidade. Escrevo *porque*, não escrevo *para*. É como um derrame, sangria, veia desatada. Sabendo que o resultado — qualquer que seja o resultado; se é que venha a ter um resultado — não irá chegar às estantes e vitrines. Circuito interno, círculo fechado: sou eu comigo mesmo — na base do "cá entre nós".

Um astrólogo não falou, há três anos, que eu teria uma longa fase de isolamento, de dez anos?

Faltam só sete.

Enquanto isso, eu te pergunto, ó galante e frágil Interlocutor Interno, e seja sincero pelo menos uma vez na vida: por que escrever um diário, se você não é escritor francês, nem se chama Julien Green, nem português nem se chama Vergilio Ferreira?

Com insinceridade, só se escreve um mau diário, que é um diário inútil, que nem o próprio autor consegue ler depois. Vou mentir pra quem, se estou cansado de me enganar? E um diário pode ser vadio, aliás ele deve ser vadio e erradio, errante, pode ser tudo menos anódino. Além disso, algo me diz que posso concluir, que você não leu (ainda bem) a íntegra desse diário, reservando-se para súbitas e esporádicas e não raro (parece ser o seu papel) repressivas aparições noturnas trazendo a dúvida e a culpa.

Faz de conta — faz de conta que não percebi. Afinal, sou obrigado a conviver com você e sei que daqui a pouco você se recolhe, vai embora, desaparece. Não importa como nem para onde. Importa é que fico aqui, só.

Dormindo, desperto ou perplexo.

Mas vamos ao questionamento do Interlocutor Noturno.

Meu primeiro impulso foi responder: não sei por que não escrevo um romance. É uma impressão, a impressão predominante. Mas não posso me contentar com isso. Seria admitir só a inconsciência. Claro que ela tem um papel nesta história sem enredo aparente que não a vida de um personagem que talvez seja eu, talvez não... Mas será determinante? É possível, embora minha consciência pareça duvidar. Minha lucidez (às vezes encoberta, às vezes distante) não diz nada, contenta-se em observar a discussão e sorrir. Falei antes em necessidade etc. Sim, mas necessidade de quê? De escrever, no caso um diário. Um diário se escreve com necessidade, a vontade e a decisão de se escrever um diário. Só isso e mais nada. A resposta estaria nesta redundância? Creio que sim. Resposta maior e melhor está no próprio diário, espalhada, escondida, condensada. É a verdade que as mentiras *(much ado about nothing)* encobrem-na. Falo das mentiras involuntárias, inevitáveis, aquelas que crescem dentro de você sob o disfarce de verdade. Pois, às vezes, a tão combatida e sempre presente mentira é apenas tradução de uma boa intenção de uma vontade, sonho — a verdade que se esqueceu de acontecer, do Quintana. Mas não minto agora, Interlocutor Noturno. Faço reflexão, mas não minto: sou acometido de perplexidades. E escrevo um diário para saber por que escrevo um diário. É sina, destino, maktub. Devo ser uma inconfortável mistura de Sísifo e Hamlet, D.Quixote e Nelson Cavaquinho. E se o homem for a medida de todas as coisas é possível que eu seja a medida da medida das coisas todas de todas as coisas.

Ou de coisa alguma.

Não sei medir, não tenho fita métrica, régua, compasso.

Só um relógio. Que me ameaça com o adiantado da hora.

Hora, que horas?

As horas que tecem a noite enquanto eu costuro este diário noturno.

Não interessa que horas sejam. O que me preocupa é esta preocupação-ansiedade com as horas que as horas são, ou fazem, ou avançam, ou tiram, ou acrescentam, ou...

Mas, espera aí, Vigilante Noturno! Já vai?

Parece que sim.

E então, antes de partir, meu Vigilante Noturno deixa comigo suas últimas palavras:

"Você disse que era Sísifo e Hamlet e... Pode ser. Mas se esqueceu de um outro personagem-pessoa-persona: Édipo."

E desapareceu.

Tiro ao alvo. Acertou? Na mosca ou em seus arredores?

Não sei. Não faz mal. Interlocutor Interno é pra essas coisas. Gosta de cutucar, alfinetar, que são maneiras de reprimir, de chamar a atenção. Então, senhores do Conselho de Sentença, fica aqui dito e proclamado: sou Édipo. Minha trajetória é uma tragédia conhecida, pessoal e universal. Matei meu pai (em compensação, todo o parricida... morre órfão, ha! ha!), me casei com minha mãe, assumi o poder, descobri tudo e furei os olhos.

Fica assim explicada a minha cegueira.

Vida é uma mitologia só, imensa e envolvente — uma tragédia grega transformada pelos tempos em tango argentino ou luso fado, samba-canção, bolero e mais nada.

Fico preocupado. Mas a estas horas da noite, hora sem psicanálise alguma, nem o próprio dr. Freud me salvaria. Devo — Édipo do meu bairro, da minha cidade, do minha Aldara — dormir, quem sabe?

Com um barulho desses?

Sou Édipo, ora.

Mesmo que.

Ou apesar de.

Ora, ora se.

"Era uma noite escura e tempestuosa..."

(Outro dia qualquer de 1988)

O poeta Carl Salomon, em sua temporada no inferno de uma clínica mental nova-iorquina dos anos 50, falou assim ao psiquiatra de plantão:

"Eu vou inventar um sonho que nunca sonhei e a partir daí o senhor poderá estudar o seu significado, poderá interpretá-lo à vontade."

Ele inventou um sonho para despertar ou adormecer a razão só-razão do terapeuta.

Não invento nada, pois é tudo invenção.

Não, não precisamos inventar.

"Nada se sabe, tudo se imagina." (Fellini)

Não precisamos estudar significado algum.
Nós, poeiras de estrelas, sonhamos.
— para que, se somos poeiras?
No entanto, sonhamos.
Pequenos ou grandes, sonhamos, pequenos ou grandes sonhos.
E um homem (como um país) que não sonha é um homem (ou um país) doente.
E elaboro então esta

"Pequena contribuição para a classificação dos sonhos":

>sonhos em preto e branco
>sonhos coloridos
>sonhos compensatórios
>sonhos de frustrações
>sonhos pesados (pesadelos)
>sonhos de vingança
>sonhos amorosos
>sonhos eróticos leves
>sonhos eróticos exacerbados
>sonhos da infância perdida e reencontrada
>sonhos de relacionamentos obscuros e truncados
>sonhos de perseguição
>sonhos de realização
>sonhos só-palavras (literatura se fazendo)
>sonhos colcha de retalhos, de pedaços desconexos, fragmentos de um mapa
>sonhos esquecidos (a maioria)
>sonhos recorrentes
>sonhos correntes como um rio
>sonhos lagos de pasmaceira
>sonhos-riachos
>sonhos-oceanos

sonhos-mar da tranquilidade
sonhos mar-das-tormentas
e sonhos sempre sonhos lembrados e sempre ressonhados,

como aquele que tive aos 12, 13 anos, dias depois de, vindo do colégio, pelo Parque da Salvação, em Aldara, e ouvir um tiro e correr para o local do tiro e encontrar um rapaz que conhecia de vista, logo depois de ele ter apertado o gatilho contra a própria cabeça.

O corpo no chão de areia, o revólver perto da mão, o sangue jorrando do lado direito do couro cabeludo, um sangue quase preto. Era um adolescente judeu do bairro, e não sei quem nem como, logo surgiu uma explicação: ele tinha ido buscar os resultados do exame de segunda época num colégio ali perto; seu pai lhe teria ameaçado: se não passasse de ano, não precisava voltar para casa.

Ele já saiu de casa armado.

Não passara de ano.

Recebeu o resultado, caminhou até o Parque da Salvação, entrou no parque — cheguei a vê-lo passando por mim, silencioso e triste — e no final de uma de suas aléias, num círculo onde várias delas se encontravam, como se fossem no jardim dos senderos que se bifurcam, ali perto de uma árvore, a céu aberto, levou o revólver à cabeça e acionou o gatilho.

Minutos ou segundos depois, eu e mais outras pessoas atraídas pelo disparo, vimos, chocados, o adolescente prostrado no chão de terra, o sangue preto da cabeça se misturando com o areião, sem saber ele da contradição em termos, de encontrar sua perdição no Parque da Salvação.

Naquela noite mesmo, sonhei que eu corria desesperadamente fugindo de alguém que me perseguia como se pedisse socorro; e era ele, o adolescente desfeito no chão do Parque ironicamente da Salvação; quando o perigo parecia insuportável, eu chegando na porta do meu edifício verde ali em frente ao Parque, e, parando, me belisquei, e disse para mim mesmo: mas eu estou sonhando! eu estou sonhando!

como quem me dissesse: não precisa sofrer tanto, é só um sonho.

Era quase automática a ligação do sonho com o corpo estendido na areia, mas por que a perseguição do pai a ele se transformara na perseguição (ou pedido de socorro) dele a mim? E eu, que não costumo me lembrar dos meus sonhos, jamais me esqueci da angústia deste sonho em particular. Nem do adolescente morto, desta balada do adolescente morto, bala- da da da.

Foi minha primeira visão da morte.

De corpo presente.

Só mais tarde saberia: todo suicida acaba matando a pessoa errada. Porque todo suicídio é um erro metafísico, mesmo que a pessoa não saiba o que seja metafísica — ou por isso mesmo.

Da morte de corpo presente foi a minha primeira visão.

Da morte.

E ela nos impacta porque não temos — nem nunca iremos ter — uma visão do nosso próprio nascimento. O nascimento cujas lembranças mais dolorosas vão-se para sempre junto com o cordão umbilical — e sem o cordão, boiamos, caímos no espaço da vida, sem sabermos como preenchê-lo.

Comecei falando de outras coisas, de sonhos e cheguei à morte-nascimento. Talvez, ou melhor, tenho quase certeza — "quase" porque minhas certezas são sempre parciais — haja mais ligações entre esses assuntos do que supõe a minha, a vossa, a nossa vã filosofia.

Os sonhos não são mortes temporárias, mortes dentro de um horário marcado diário (noturno), mas também de morte em pequenas doses que é o sono?

Sim, mas me restou a violência específica da morte do adolescente judeu, meu choque ao vê-lo estendido no chão, o sangue escorrendo e por fim a intensa perseguição dentro do meu sonho. O perseguidor nunca aparecia com nitidez aos olhos do perseguido (eu), embora fosse ele, ele, o morto, desesperado, que corria em minha direção — o perseguidor é o perseguido, e assim o susto fica maior ainda.

A morte corre atrás da gente ou é a gente que corre atrás da morte, que vai ao seu encontro?

Por que ela se imiscuiu num sonho de um pré-adolescente tão despreparado para acolhê-la?

Será que é de cedo — bem antes dos meus 13 anos — que ela vai se imiscuindo, se incutindo aos poucos em nós, para, quando chegar, às vezes dezenas de anos depois, nos encontrar mais acostumados, mais preparados para enfrentá-la e aceitá-la? Mas a morte nunca se aceita, só os suicidas parecem — mas só parecem — aceitá-la, à medida em que a procuram; estou convencido (mais ou menos; estou sempre mais ou menos convencido de alguma coisa) que os suicidas se matam porque queriam muito viver e de alguma e definitiva forma não estavam conseguindo.

Morte.

Problema sobre o qual se construíram todas as religiões. Problema profundo, problema banal, para todo mundo ela chega, a toda hora. Acidente de percurso da vida. Um ponto final de uma fase, um ponto final de uma frase. A frase — a fase — termina e ponto, morre. Difícil de se entender ou aceitar. E que serve para nos avisar que ninguém é eterno. Morre-se, sim, e a vida continua.

A vida dos outros.

Jorge Semprum: "Morrer sob seu olhar. Perguntou-se ele, ou vê-la morrer sob meu olhar? O essencial é o olhar, seja lá o que for isso. De qualquer maneira, é do olhar que se morre. É pelo olhar que se pratica a morte espiritual. E o que é a morte se não a ausência do olhar?"

Olhar é viver, escrevi eu num livro anterior, assinado por outro, talvez *As armas e os varões*. Mas e os cegos, então, não vivem eles? Ora, com certeza os cegos têm um outro olhar, um olhar que não passa pelos olhos (e que portanto não deveria se chamar olhar). Talvez percepção. Um aguçamento de todos os outros sentidos, que afinal lhes permitem de alguma forma captar a realidade, o real que é irreal também — que lhes permitem viver.

Viver, viver — eis aí um verbo simples, essencial, indispensável, inevitável, bom e ruim, complexo e pobre, cômico e trágico etc. Não será ele, e não a morte, o verdadeiro problema? Eu vivo, só não sei muito bem como se conjuga, como eu devo conjugar esse verbo na prática. Sou um aprendiz de viver, eterno aprendiz de viver e de morrer. Mesmo às vésperas dos meus 40 e tantos anos. Eu vivi, eu vivo — mas como viverei daqui pra frente? Quando nascemos não nos é dado nenhum certificado de garantia. Como vivi? Como tenho vivido? O que é essa chama invisível chamada vida? Vida que às vezes, quase sempre, passa pela minha vida tão longínqua, tão próxima, tão fugidia? Sim, eu faço parte dela, ela faz parte de mim, embora não me pertença! Embora não me pertença, eu pertenço a ela. Onde sua chama, fulcro, seu olho, seu coração? Sei onde fica meu coração, mas desconheço se existe um coração da vida. O pulsar do universo, naquela conversa milenar de místicos, físicos, poetas e loucos? Se tirar a interrogação — o pulsar do universo! — num segundo eu viro cósmico e portanto desapareço como uma poeira. Como o pó do meu quarto. Pó de pirlimpimpim. Pó, somente pó. E assim fica mais fácil. Nenhum Ego ou Id ou Superego resta para contar a história, nenhum deles resiste assim à primeira amplidão infinita das galáxias. Deixamos então de sermos homens e viramos poeira das estrelas e ao que me conste poeira não sente, não pensa, não se questiona, não escreve, muito menos um diário. A própria história da humanidade passa-se numa ínfima fração de tempo. Viramos poeira e a história da humanidade não existe, porque não há tempo de ser registrada. Como os dinossauros, o homem surgiu e desaparecerá. Que ridículo então, nesse contexto, escrever ou fazer qualquer coisa. Não me perguntem o que é que move o homem. Só sei que ele se move, se agita, se mexe e contamina quem está a sua volta. Correndo atrás da Felicidade, atrás da Sabedoria, atrás do Poder, atrás da Guerra, atrás do Dinheiro, atrás enfim de supostas e vagas "realizações pessoais" e de vastas mitologias — sim, atrás disso tudo, seja lá que nome tiver, ele madruga, luta, é mau, é bom, trabalha, apanha, bate, sai-se vencedor (de que mesmo?) ou perdedor (de que?) e para finalmente chegar ao fim da vida achando que, no fundo, faltou alguma coisa que ele não sabe o que seja. Alguma coisa: o essencial. E, aposentado, morre, infeliz. E outras gerações surgem e nelas haverá uns quantos que param um pouco para se perguntar: o que é que move o homem? De que estranha energia ele é feito? Por que ele é empreendedor, ativo, preguiçoso, inventor, aventureiro, sedentário ou sanguinário? Por que é depredador, matador, conservador? Por que cria deuses a sua imagem e semelhança e passa a honrá-los, serví-los, amá-los e traí-los? Ao mesmo tempo, por que tanta arrogância, desrespeito, falta de consciência e limites? Que ser é esse que trás em si tanta ignorância, tanta sabedoria, tanta bondade e maldade, tanto medo e coragem, tanta simplicidade e tanta complexidade, tanta doença e tanta saúde, tanta capacidade de criar e tanta capacidade de destruir?

Ah, horror! horror! — e apenas com estas duas palavras repetidas Conrad traçou o futuro do século XX.

Feitos de semelhanças e diferenças, de solidões e instintos grupais, o homem é —

(Resposta desconhecida.)

Mas essa filosofia já vai longe demais — e eu preciso ir mais longe ainda, mais perto aqui na terra: vou para a Praia dos Anjos.

Lá sou amigo do mar, do sol, da simplicidade e de gente, de muito pouca gente; lá terei a mulher que quero na areia que escolherei. Vou à procura daquela velha paz que não encontro nunca, embora não pare de procurá-la talvez até o fim da vida quando terei a capacidade verdadeira de pronunciar esses versos sábios de Camões:

"Eu estou em paz com a minha guerra".

E levo minha guerra para a Praia dos Anjos, longe do asfalto dos diabos. É pelo menos um movimento dentro do círculo parado do existir. Mergulhar no mar, e sair dele refrescado por dentro. E em vez de poeira das galáxias, como diz uma marchinha do carnaval brasileiro:

um pequenino grão de areia
que era um pobre sonhador
olhou pro céu, viu uma estrela
imaginou coisas de amor….

Não tenho sonhos.
Sonhos costumo comprá-los em padarias.
A fantasia que costuro com minhas fantasias mal serve para brincar o carnaval.
O amor? É fundamental e é tudo, pelo menos é o que escuto e vejo nas novelas de televisão.
Ou então mudo de canal e digo: emoção não senhor — este Reino é o da Razão.
Quanto à liberdade, com certeza resolvi prendê-la numa gaiola de pássaros, passarinha liberdade.

26 de janeiro de 1988

A dúvida metafísica jamais vai ganhar da certeza idiota, *dixit* Millôr.
A dívida metafísica jamais conseguirá ser descontada em banco, digo eu.
Passar a vida nos bancos, ou em branco, não, isso nunca, mesmo que se viva entre o passado e o futuro — presente, presente, onde estás que não respondes, em que trevas, esconderijos tu te escondes? Escrever um diário nada mais é do que escrever um diário: a tentativa quase desesperada de parar o tempo individual, de chamar e aprisionar o tempo universal, o presente também individual — mas, assim mesmo, como? A tentativa de achar alguma coisa é sempre em vão pois significa que esta determinada coisa está mesmo perdida — ou será que esse é apenas um pensamento melancólico?
Saiu no jornal, com o título de

"MELANCOLIA DO HOMEM
É IGUAL À DO DINOSSAURO",

que "o mesmo comportamento melancólico que teria caracterizado os dinossauros antes de seu desaparecimento domina hoje o homem, e se reflete na crise ecológica e ambiental pela qual passa o planeta".

A tese é de um argentino, que aponta a inteligência do homem como único meio para superar a tristeza e o pessimismo. Tese curiosa, cheia de milongas "cardelita" e borgeana.

Mas tese furada, furadíssima.

Se inteligência superasse tristeza, depressão, pessimismo, como explicar tantos homens brilhantes, tristes e pessimistas e com uma depressão que os levou um a um à sua própria morte?

E mais ainda: quem conseguiria provas que os dinossauros se extinguiram devido à "melancolia"? Pois naquela época havia dinossauros psicanalistas ou gigantescas pílulas de prozac?

Melancólica tese!

Parei e voltei.

A velha dispersão me tirou desse brique-à-braque dos anos 70 e me instalou no dia de hoje de madrugada, passagem de segunda para terça-feira. Tentei reescrever um conto antigo e curtíssimo (do ano passado) e incompleto, e ele continuou antigo e incompleto. Um conto estranho, estranho a mim, e que deu origem a outros tantos de bichos, bicharada: um livro que ainda vou escrever? (Só tenho o título: *Cara-de-todos-os-bichos.*)

> Calor de cão.
> Calor de cão latindo.
> Uma dose de vodka e....banho.
> E hora de dormir.
> Sejamos gregos.

29 de fevereiro de 1988

Questão de fé.
   Questão de cré,
   cré-com-lé.
   Questão de curiosidade.
Mesmo sem acreditar, desconfiado como um bom cartesiano por osmose (porque não o sou, embora nossa tradição deixe lá as suas marcas — e depois, como conciliar Descartes e o conselho de Flaubert, Sejamos gregos!), fui à tarde ouvir/consultar os búzios e o destino do meu destino.
   "Mãe Lourdes de Xangô", segundo o cartão. Primeiro ela quis saber quais eram meus orixás. Resposta dos búzios: orixás de cabeça, Xangô e Xangô-criança, depois, Oxossi (São Sebastião) e Ogun (São Jorge).
   "Você sempre que puder ajude uma criança, que elas também trazem proteção."
   Disse que Xangô, que é da justiça e talvez por isso mesmo meio desencantado com a humanidade, que ele preferia viver no mato porque lá, no meio do *kiriri* geral, os animais são mais sinceros do que os homens; é uma entidade muito forte, e tinha duas mulheres.
    E Oxossi era mais mulherengo ainda — que mistura!
   Por fim, Ogum, grande guerreiro.
   (O Orixá de cabeça, ela acertou: há anos, foi o que me havia revelado uma outra mãe de santo. A presença de Iansã nos búzios jogados teria uma explicação: ela tanto foi mulher de Xangô, quanto de Oxossi, mais adiante. Alterando os búzios e as cartas, surgiram outras revelações, aproximações, imprecisões e erros, claro. O que ela disse e "bateu": vou receber dinheiro, talvez de herança (nesta semana, um terreno em Aldara deve ser vendido); meus "caminhos" estão fechados por algum "trabalho" feito por mulher. O que ela disse e fica difícil de se saber: você vai ter uma viagem longa; tua mulher atual é muito ciumenta (não parece), possessiva (bem...), muito teimosa (é),

cheia de problemas em casa (verdade), mas não foi ela, claro, quem fez o "trabalho" junto a Xangô.

Quem teria sido? Pensei em E. Disse o nome e o signo. Ela jogou/rejogou os búzios várias vezes para ver se confirmava e confirmou: foi ela. Nosso rompimento foi há anos e esse tipo de "trabalho", segundo a dona dos búzios, é feito para durar até sete anos. Disse ainda que haveria uma outra mulher na minha vida. E a relação atual? Poderá sofrer um rompimento. Mas a esta altura, tentar ou começar um outro romance? Você vai ter sempre uma mulher por perto: esta combinação de Xangô com Oxossi é forte demais; se você fosse casado, coitada da tua mulher.

Pago e me despeço. Muita gente à espera.

Aguardo o elevador abrir a porta enquanto penso nos meus "caminhos" fechados; quem, como ou quando eles se abrirão, como a porta do elevador agora.

Entro.

No dia seguinte fui ver uma vidente. Peguei um papel na rua. Que dizia, com seus erros de português:

> Professora cientista de renome, revela a vida do cliente com a maior clareza e fatos mais importantes da vida humana. Com diversos anos de ciência e prática neste serviço. Compromete-se a fazer qualquer trabalho para qualquer fim. Queres saber da vossa vida? Da vossa sorte? Visitai a célebre cartomante. Ela conta o passado, o presente, o futuro. Sois infeliz com vossa família? Queres fazer voltar a sua companhia alguém que se tenha separado? Alcançar prosperidade? Queres tirar o vício da embriaguês de alguém? A disposição dos interessados
> **MADAME ANA ATENDE ETC. ETC.**

As duas disseram mais ou menos as mesmas coisas.
Acho que combinaram.

E o mundo gira, seguindo em frente sem sair do lugar: na Grécia antiga — sem elevadores e sem computadores — os homens se consultavam com os pitonisas, oráculos, astrólogos, etc. À beira do século XXI — com elevadores, computadores e outros complicadores — os homens se consultam com os búzios, astrólogos, videntes, psicanalistas, etc.

O que me resta então? Nada, pois esqueci de dizer, senhores que faz tempo que morri.
Verdade?
Mentira.

LIVRO XIV

PICADINHO À BRASILEIRA

"a estética da porta fechada
a estética da porta aberta
a estética da porta da rua

a estética da janela do ônibus
  ou
a estética da janela da alma?"
                    João do Silêncio (Inédito)

1
RECEITA

Os dias se perdem ou nós é que os perdemos? Dias e noites, fluxo e refluxo. Registramos o mínimo do tempo vivido ou sentido durante 24 horas:

"Sinto no próprio momento de escrever a minha impossibilidade de ser total a restrição (redução) que este diário representa dos dias. Que passam como a paisagem vista da janela do trem — e reajo a ela. É só minha reação, não é a paisagem. Ela é impossível de ser posta em palavras. Falta linguagem; sobra o real. Dos dois faço uma mistura. Quebro os ovos para o omelete. Ou ponho mais alguns ingredientes e faço um picadinho — um picadinho à brasileira." (Do *Diário de João do Silêncio*.)

Simples, de culinária, copa e cozinha, porém curiosa e pertinente metáfora. Um picadinho à brasileira (um prato nacional do país vizinho, mas também muito comum em Aldara), além de assinalar a variedade de ingredientes, aponta igualmente para a estrutura do próprio livro.

Fragmentos, a unidade perdida. Ou encontrada: a unidade estaria nos fragmentos. Eis o diferencial!

O diferencial do vôo livre: *Alma-de-gato*, misturando ingredientes, emoções, dias e textos diversos, procura o tempero, o paladar certo; a amplidão e abertura; procura o vôo da narrativa, seus espaços abertos — procura o vôo LIVRO.

Para uma vida de exílio, nada mais importante do que a liberdade de narrar... uma vida em exílio.

A liberdade (inevitável) da errância, do poema inédito joanino:

*Vocês podem achar que estou perdido
e que, partindo, vivo em trânsito.
Sou aquele que, caminhando,
caminha imóvel,
a esmo.*

*Ando e desando pois
partindo, estou parado,
e, perdido, não me acho
(só quando me procuro)
e bem me digo e desdigo.
É a minha errância:
Quem é vivo sempre desaparece.*

2
VÔO

Encomendamos um parecer a Mário Livramento, um jornalista investigativo, mas também ele próprio narrador hábil (e personagem, no caso, aqui emprestado de um outro livro, *Os mortos estão vivos*) sobre este vôo de alma-de-gato, sob o risco de ele ser compreendido cedo demais ou abatido tarde demais.

Em pleno vôo.

3
MÁRIO LIVRAMENTO ESCREVE:

"Se vivemos em uma Idade Média Moderna ou numa sociedade planetária — e é possível que vivamos numa e noutra ao mesmo tempo, sem perceber — não chega a ser aqui o foco da questão. Se o problema é de carteira de identidade ou carteira de falta de identidade, idem. Se somos famosos ou desconhecidos, também. Nacionalismos então, nem se fala: qual a diferença se nascemos no Canadá, no Japão, Tegucigalpa ou em Aldara, se as diferenças culturais tanto somam quanto diminuem e dividem? De que valem o indivíduo e os países num mundo que se mistura e globaliza? É o que se diz hoje, mas há muito a literatura já se misturava e se mesclava ou se confrontava com o Outro, o Estranho e o Diferente: desde Ulisses enfrentando ciclopes e sereias, estranhos e estrangeiros para voltar para casa. (Hoje o problema é que talvez "a casa" não exista mais.) Ou Tolstói sugerindo que escrevêssemos sobre nossa aldeia para sermos universais. Ou Kafka registrando nossa transformação-metamorfose.

"Se você ignorar tudo o que lhe diz respeito, você não existe. (...) Você não é mais a mesma pessoa. A identidade é o conjunto de maneiras que temos de agenciar nossas lembranças na narrativa. Você é a narrativa de você mesmo, e é essa narrativa que dá sua identidade. As pessoas se esquecem de que a memória é a essência do ser humano. Sua memória é um romance de você mesmo. Para um escritor, isso é fascinante."

Fascinante e assustador? Conviver, num mesmo corpus, o Mesmo e o Outro, Eu e Eles? Noite e dia, sol e lua, calor e frio? Mas o mundo não foi sempre assim, e o homem, de qualquer ponto de vista, parâmetro ou paisagem, não é o mesmo que nasce, vive e morre? Assim tem sido ao longo da literatura; o estranho (Kafka), o estrangeiro (Camus), o "homem embuçado" (é um conto de Marcel Schwob) e o homem dividido entre duas bandeiras e várias fronteiras.

A ficção transnacional (cada vez mais presente, embora pouco falada entre nós; talvez quando virar moda universitária fique mais conhecida) abole essas e outras fronteiras e se não resolve o problema (talvez porque o problema seja a solução) nos revela e mostra e demonstra que, hoje, somos diferentes de ontem. Assim como o mundo. Tanto nós como ele, o mundo, somos diferentes e iguais, o Mesmo e o Outro da Metafísica e de Borges. A citação um pouco mais acima é de uma entrevista com um escritor transacional: Sérgio Kokis, um brasileiro que saiu exilado do Rio de Janeiro nos anos 60 para, depois de viver em alguns países, se estabelecer em Quebec, e é hoje considerado um dos melhores escritores canadenses. (Houve até quem suspeitasse que fosse ele o verdadeiro João do Silêncio.) Como Conrad e Nabokov antes dele, ultrapassou também a fronteira alfandegária e a fronteira lingüística: abandonou seu português materno e escreve em francês.

No começo está o descontexto, o exílio, voluntário ou não. E assim já estamos falando, leitor, em João do Silêncio — embora só agora ele seja mencionado. Em *Le pavillon des miroirs*, primeiro romance de Sérgio Kokis, lê-se às páginas tantas:

"Revejo-me na saída do aeroporto, espantando-me com o tamanho enorme dos automóveis, com a aparência moderna desta grande cidade, na qual podia enfim me perder, passar despercebido. Nada me ligava a ela, nenhuma lembrança, nenhum sofrimento. O estrangeiro usa uma máscara de aparência anódina para ser aceito, para que o deixem em paz. Não está seguro quanto aos outros, nem disposto a abandonar sua natureza profunda. Representa um papel para se integrar. Pelo orifício das órbitas, tenta ensinar a seu corpo essa dança, que arremeda mas não sente. (...) O exílio me permitiu descobrir então que eu não sofria como os outros, que, ao contrário, eu sempre tinha sido estrangeiro, por toda parte. Possuindo o mimetismo espontâneo dos seres de lugar nenhum, meti-me numa carapaça protetora por trás da qual podia olhar sem pressa e colecionar minhas visões. Deslizei assim, pouco a pouco, sem tomar consciência disso, contente só de deslizar, de obedecer a essa tendência natural. (...)"

A citação é grande, mas tem a vantagem de dialogar com a vida de João do Silêncio e de imaginarmos (já que suas pistas ele mesmo se encarregou de apagar) como teria sido seu próprio exílio, pelo menos no início. E este, eu diria, surpreendente, *Alma-de-gato* caminha nesse sentido: reabilitar, recriar, ressuscitar, contar, enfim, o que se pode contar da vida e das "obras incompletas" deste misterioso cidadão de Aldara, autor de pelos menos duas obras-primas, nunca publicadas mas que circulam em cópias, digamos, piratas que são *História geral dos dias e das noites* e *História da filosofia acidental*. Assim como os dois primeiros títulos da *Trilogia de Aldara*, publicados por Flávio Moreira da Costa (com a ajuda das investigações de uma agência de caça a originais perdidos e escritores desaparecidos). (*Trecho.*)

4
INTROMISSÃO (BEM-VINDA) DE MICHAUX

O próprio João do Silêncio escreveu, à mão num caderno, uma "entrevista" com o poeta Henri Michaux.
É uma pausa para pensar.

— Pensar não dói?
"O pensamento antes de ser uma obra é uma trajetória. Não tenha vergonha de precisar passar por lugares desagradáveis, indignos, aparentemente não feitos para você. Aquele que, para resguardar sua 'nobreza', evita eses caminhos, sem saber viverá sempre com a impressão de ter ficado no meio do caminho."*

— E o estilo? Ah! o estilo:
"O estilo, essa comodidade a se limitar e a limitar o mundo, será ele o homem? Esta aquisição suspeita, a qual, ao escritor que a consegue, damos os parabéns? Seu pretenso dom de colar a ele, esclerosando-o surdamente. Estilo: signo (ruim) da *distância imutável*, (mas que poderia, deveria ter mudado), a distância na qual ele permanece e se mantém diante de seu ser e das coisas e das pessoas. Bloqueado! Ele havia mergulhado em seu estilo (ao qual laboriosamente procurara). Uma vida de empréstimo, ele abandonara sua totalidade, sua possibilidade de mudança, de mutação. Nada do que se orgulhar. Estilo que se transformara em falta de coragem, falta de abertura, de reabertura: em suma, uma doença. Trate de sair dela. Vá para longe o

---

* Os textos entre aspas são de Henri Michaux, *Poteaux d'angle*. (Nota de um leitor de Henri Michaux.)

suficiente dentro de você mesmo para que teu estilo não possa mais te seguir."

— E os lugares-comuns?

"Não aceites os lugares-comuns, não porque comuns, mas porque estranhos a ti. Encontre as ligações, observe-as sem revelá-las, apenas para conhecer tuas semiverdades aparentemente necessárias, vetustas cortinas, erros não completamente apagados que têm seu lugar na tua vida e lá estão não como verdade, mas como estabilidade, uma certa estabilidade *cocasse*, velhos bondes numa cidade em expansão. Ouse olhá-los de frente. Desce, sim, desce em ti mesmo, em direção a este imenso conjunto de raios de necessidades sem grandezas. É preciso. Depois, conseguirás. Conseguirás vir à tona novamente."

5
O NOME DO NOME

Os dias dentro do dia,
o Ser dentro do Ser,
o narrar dentro do narrar,
a vida dentro da vida,
o exílio dentro do exílio,
o nome dentro do nome,
o heterônimo do heterônimo:
    o nome do nome.

E o nome do nome dele é Boris Borges.

Há um relato enorme — e inacabado, com vários capítulos riscados — sobre...drogas, no espólio encontrado entre as pastas de João do Silêncio — suas *Obras incompletas*. Curiosamente não vem assinado com seu nome. Está lá, no alto da página: BORIS BORGES. E logo embaixo: "Com a colaboração de João do Silêncio" — sugerindo que de um é a vivência e de outro a narrativa. O ano? 1988/89.

Boris Borges *e* João do Silêncio.

Boris Borges *é* João do Silêncio?

E se for, por que a duplicação de nomes, a alternância, disfarce, heteronímia?

É o "outro lado de mim" de que ele fala em outro texto?

Dos originais de *Os narizes* (pois é o título), aqui revelados pela primeira vez, pouca coisa sobrou, e respeitamos os capítulos riscados pelo próprio (quem quer que ele seja) autor. E pelo melhor desenrolar desta narrativa, publique-se a introdução, provocativa, sem dúvidas, que sobreviveu à furiosa autocrítica do (quem quer que ele seja) autor...

6
"PEQUENA INTRODUÇÃO AOS NARIZES EM GERAL"

Você já cheirou pó de pirlimpimpim?
Ainda cheira?
É consumidor ocasional ou diário?
Nunca cheirou nem pretende cheirar?
É radicalmente contra?
Por princípio?
Por ser ex-viciado?
Ou por pertencer aos dez por cento da humanidade que adquiram a doença de dependência química? E está em recuperação?

Não faz mal. Qualquer que seja a resposta, não seria eu quem iria aconselhá-lo neste ou naquele sentido. Outra é a intenção deste livro. Afinal, a opção é sua, a vida é sua. Assim como o nariz.

Da minha parte confesso que andei metendo o nariz onde não fui chamado. E durante muito tempo. Já em porto seguro, depois da volta dessa longa viagem (tido, catalogado e tratado como "dependente químico" eu mesmo), fui o primeiro a me surpreender com uma espécie de diário-de-bordo-sem-diário: essa narrativa que mistura e costura informações, reflexões, histórias, confissões etc. Mas, será isso mesmo, nem mais nem menos? Claro que não e claro que sim, pois não passa de uma simplificação. É para isso que servem as notas, prefácios e introduções. No fundo, dizer alguma coisa de pertinente e substancial a respeito do que, talvez, se vá ler — sem desassociá-lo da maneira como foi escrito e dos enfoques com que o assunto é tratado — me parece ocupação, se não inútil, pelo menos redundante. Por uma simples razão: se o próprio livro não disser o que se propõe a dizer, de nada adiantaria tentar dizê-lo por ele. Com o livro desconsertado, não haveria introdução que se lhe desse jeito.

Mas que jeito ou jeitos dei eu ao longo da viagem e depois ao tentar relatá-la, já que os narizes em geral e o meu em particular parecem insistir na existência dessa pequena introdução? Jeito de conviver, jeito de sobreviver, jeito de viver — jeito de morrer e jeito de renascer. Longa viagem, mas através de um meio de transporte precário e de difícil acesso — e o caminho, bem, um caminho obscuro e desconhecido, se é que ele existiu/existe a se julgar pelos versos do poeta: "Caminhante, não há caminho, se faz o caminho ao andar" (Antonio Machado). Seriam estradas internas, e parti por elas cheio de curiosidades e dúvidas e voltei ou saí delas cheio de preocupações e dúvidas. Quase nada mudou? Muita coisa, entre elas a vivência e dúzia e meia de constatações e outro tanto de histórias. Mas ao mesmo tempo, quanto mais me aprofundava, mais o que deveria ser resposta ia se transformando em novas perguntas. Será que existe, de fato, o que se chama 'vício'? É o pó que desafia o Sistema ou o Sistema que lucra com ele? Por que enquadrar essa droga na Lei de Entorpecentes, se, em princípio, ela não entorpece ninguém, ao contrário?

Pergunta puxa pergunta e pressinto o possível leitor, impaciente, retrucar: e os aspectos morais, de costumes, policiais, de saúde? São problemas que aparecem em primeiro plano, é verdade, em relação a outros, quase sempre esquecidos ou escamoteados: a questão, até por ser política, é também econômica. Nenhuma altíssima autoridade — delegado, juiz, ministro ou presidente — conseguiria revogar a lei básica do Capitalismo, que é a Lei da Oferta e da Procura. Por ser ilegal, a droga não paga impostos — mas para circular, paga suborno. Daí interessar menos o negócio das drogas e mais o negócio que fazem com o negócio das drogas — sem perder de vista a perspectiva do indivíduo, solitário ou grupal, chame-se ele consumidor, usuário, viciado ou dependente químico.

São os narizes — mas que livro vem a ser esse que coloca nossos (ou "deles") narizes como título? Narrativa inusitada? Obra provocadora?

Ficção? Documentário? Mera polêmica? Não, não era a minha intenção — mas se não defendo teses, defendo o — o quê mesmo? o direito de pensar? E como abordar assunto tão envolvido em preconceito, sensacionalismo e cinismo, sem provocar diferentes e variadas reações? Polêmico é o tema — e talvez certas idéias do autor, reconheço — mas não ele, autor, que, como Machado de Assis, cultiva o "tédio à controvérsia". Sei que pode ser difícil separar uma coisa da outra: afinal, o que levou ou obrigou o autor a escrever sobre esse e não outro assunto?

Ora, muitas vezes é o livro que se impõe a quem o escreve.

Foi o que aconteceu:

"Da noite para o dia —, e depois, durante três meses, sem planos ou intenções prévias, fui escrevendo, movido por impulsos obscuros e vivências acumuladas e... Por alguma razão, não poderia mais permanecer calado — digo, em relação a tudo aquilo que vivi, vi, observei, experimentei. E, nessa viagem, avistei ou vislumbrei o êxtase e a miséria, e cheguei mesmo a perceber que às vezes a ilusão é a realidade e a realidade é ilusão — ou construída de mentiras, a depender das conveniências. Portanto, deixemos de lado a "opção" pró ou contra, pois fica difícil ser maniqueísta em relação a uma droga (ainda meio desconhecida) que apresenta pontos positivos (seu uso farmacológico, por exemplo) e pontos bastante negativos (como qualquer "vício"). Meu compromisso passa a ser então com a verdade, um pouco na contramão de uma sociedade que, fingindo combater a droga, no fundo sai lucrando com ela. Mentira não leva a nada. Pelo contrário: a maioria das campanhas anti-drogas, por desonesta, superficial e mesmo burra, acaba fazendo a propaganda das drogas."

No entanto, em tese, não há tese alguma.

Nossa história é outra.

Aldara, abril/maio de 1989.

7
"O PRIMEIRO CAPÍTULO"

E se disser que eu...

Durante mais de dez anos — e já na idade madura, o que faz certa diferença — tive a oportunidade e o impulso, levado pela ansiedade (vamos simplificar) e através das minhas narinas, de fazer uso do pó de pirlimpimpim, observando e registrando o que ia à sua volta. Em fases espaçadas ou continuadas, experimentei, cheirei o "maldito" ou "bendito" pó, em todas as quantidades e qualidades. Meu nariz deve ter servido de via de acesso para quilômetros de fileirinhas — e até hoje não saberia dizer se fui ou não um viciado (ou sim, com certeza, em alguma época; embora o peso moralista desta palavra, viciado). A princípio, essa palavra assusta, com sua carga de estigma: viciado é sempre o outro.

O autor se expõe. Confessa que, não sendo um observador "isento" ou "frio", sujou as mãos, o nariz, e a alma. O importante é sua proposta: a partir da vivência, acrescida de opiniões e informações adquiridas, conseguir um relato pessoal, como ponto de partida, e "universal", como ponto de chegada — sempre procurando a percepção e combatendo a escuridão. O autor se expõe. Talvez nem seja necessário coragem para tanto. Sei que começo a me sentir nu e indefeso — sem saber como pegar um cigarro ou botar as mãos nos bolsos. Meu corpo todo é um rosto vermelho.

É o que dá cair em confissões. Mas um dia tudo isso teria de acontecer. A fuga (ou o silêncio, um de seus sinônimos) não consta de nossas intenções. Nu e indefeso? Teremos sempre meios, a depender da situação, de nos cobrirmos e nos defendermos. Além do mais, não existe crime (ou existe?), e a nudez (por mais que se esqueçam) faz parte do homem. E mesmo longe e contra a natureza, viver é verbo do mundo da natureza. Em sociedade, são tudo vícios: vício de viver, vício de consumir, vício de sofrer, vício de morrer; vício de civilização, ou de sifilização, como preferia Joyce.

Foram os próprios homens que decidiram permitir e incentivar alguns vícios, ao mesmo tempo que proibiam e perseguiam outros. Quem separou o joio do trigo por nós, e, como, se o que alguém considera joio mais nos parece trigo? Os mandantes, as autoridades — e sabe-se lá de que maneira. A rigor, "autoridade" não é só o "mais importante", somos também nós enquanto — da mesma forma que eles — seres humanos completos e incompletos. Mas, na prática, há sempre uns "mais iguais" do que outros. E são esses senhores que decretaram, por exemplo — e por Lei — que o homem de qualquer idade pode fumar cigarros até morrer de câncer na chamada idade provecta, mas não se lhe permite puxar um fuminho para ouvir música ou para relaxar e dormir. Sem falar no álcool. Podem esses senhores decidir sobre a saúde pública? Que, aliás, antes de ser pública, é privada, uma saúde pessoal? Italo Svevo escreveu, em *A Consciência de Zeno*: "Eu escolhi a doença".

E agora? Agora vamos escrever a palavra "doença" entre aspas, claro, que não se procura a "doença" nesta ou naquela droga, mas ao contrário: chega-se ao tóxico movido por alguma "doença" anterior.

Qual "doença"?

Pergunta pequena e ampla. Ela tem mil nomes, fora os outros tantos que nos escapam. Numa sociedade que prega, em meio à falta, a abundância e o consumo, pode-se chamá-la "frustração", "insatisfação", "recalque". Numa sociedade, irresponsável, que nos aponta para uma felicidade superficial, fútil ou horizontal — pode-se chamá-la "infelicidade". E, em meio à multidão, ou entre vizinhos que, desconfiados e retraídos, nem se falam, talvez tenha, o nome de "solidão". Com o auxílio da alegria, "tristeza". E com a morte de Deus, o medo à liberdade. Mas há mais: a procura incessante e consciente ou não de um sentido para uma vida e um mundo sem sentido, cheio de acasos a gerar, não a regra e a rotina, mas a transgressão e a ameaça: acidentes, desastres, fomes, crimes, violência etc. Enquanto isso, as diversas reações humanas a tudo o que recheia os conceitos e teorias psicanalíticas: angústia, ansiedade, medo, depressão, complexo, neurose, psicose, mania, fobia social — desadaptações, "desvios de comportamento", "loucuras", "vícios" e outros sofrimentos. Numa palavra: o que menos falta no mundo é a...falta.

(...)

Não pretendo formular justificativa ou desculpa. No entanto, me parece insensato, incorreto, inadequado ou injusto o fato de alguém entregar-se a discursos sobre/contra a droga ao mesmo tempo em que se absolve, ou estrategicamente se esquece, a própria sociedade na qual ela cresce, viceja e se amplia. Que estranha separação é essa?

Do geral ao particular, voltemos à nudez.

Com que roupa vestir esse strip-tease, em certo sentido, ao contrário, que é o de (d)escrevê-la, a suposta nudez indefesa? Traduzindo: como será essa narrativa? Não deverá ser romance ou conjunto de contos. Nada de ficção — talvez só a utilização de alguma técnica, dela, ficção. (...)

No começo eu achava que o importante era saber usar a droga e não ser usado por ela. Um raciocínio sensato, não? Que na prática se revelou incorreto, ou mesmo um desastre: no meio do caminho descobri ser quase impossível perceber a hora, o momento certo, em que a droga passara a me usar. É essa uma transição invisível e silenciosa, independente de nós mesmos, de nossa vontade. (...) E a experiência de vida, que é a droga, corria o risco de se transformar numa experiência de morte, que é a droga. Faca de dois gumes.

(Os narizes, in *Obras incompletas de João do Silêncio*, volume XI)

8
"LIVRO NEGRO"

Levantada a lebre — de quem a experiência, de Boris Borges ou do próprio João do Silêncio?

Franzkafka dos Santos garante que Boris Borges existiu, seria pseudônimo de um amigo seu, de juventude, que morreu em conseqüência do uso excessivo de drogas.

Por outro lado, não haveria indícios na insistência de levar uma vida isolada por parte de João do Silêncio e mesmo em alguns textos que deixou pelo caminho (nem todos recuperados até agora)?

Vejam o que ele escreveu no seu diário, em 18/01/89:

"Diário esquecido. É que tenho trabalhado no *Livro negro* (talvez um desvio, sobre algo específico, deste *journal*). Acrescente-se a isso algumas dificuldades.

Quais, não digo. É segredo. Quem falou que, num diário "íntimo", pode-se dizer "tudo"? Sou sonhador (idealista) mas não utópico (além do idealismo). Não tenho os pés na terra da terra, mas só a meio caminho: no assoalho, no tapete, na calçada, no ar."

E se esse *Livro negro* fosse o mesmo chamado *Os narizes?*

Meu narrador-assistente garante que não; eu não posso garantir nada e sigo em frente.

Livro XV

**BORBOLETAS EM CHAMAS
(2)**

"As pessoas, em geral, adoram não compreender. Isso não quer dizer que vão ler teu livro se ele for incompreensível. Mas hão de comprá-lo. É bonito ter em casa alguma coisa que não se compreenda. Experimente."

Hilda Hilst, *Cascos & carícias & outras crônicas*

Um olho ri
o outro chora
uma narina aspira
a outra espirra
uma boca fala
a outra se cala

cala mas não contente
cala mas não consente

....
....

"Afinal de contas, quando é que eu vou enlouquecer?..."
João do Silêncio rompera a violência do seu próprio nascimento, saindo das entranhas da terra e anos depois tivera de romper as selvas de seu próprio emaranhamento no irreal. Foi preciso enfrentar duas violências, para nascer e nascer de novo, para vir a se transformar em João do Silêncio — e ele se lembrava de um autor que iria ler décadas depois, um tal Cioran, que dizia que o problema do homem não era a morte mas sim o nascimento — se livrar do trauma de ter nascido.

Não era o futuro mas o passado.

João do Silêncio pensava: é verdade, entre um fato concreto, o nascimento e sua dor experimentada, e um fato abstrato, a morte e sua dor antecipada, escolhia o nascimento.

Mas eis que havia a encruzilhada.

O impasse.

O inferno de nossa singularidade e o inferno de nossa dessemelhança.

Eis que tudo isso podia roçar nossa vida de tempos em tempos, ou o tempo todo, nas asas negras de um pássaro, rondando, rondando a noite e...

Seria preciso morrer para nascer de novo?
Morrer ou enlouquecer?

"Afinal, quando é que eu vou enlouquecer?"

Às vezes ele se perguntava também — ele, João do Silêncio, como de hábito em voz alta quando estava sozinho, e quase sempre estava sozinho —, se a literatura era sua vocação ou sua internação. Internara-se dentro dela, dela e de seus contornos, como as pessoas se internam num hospital ou numa clínica; como se assim ele se protegesse da pele desconfortável da vida, da morte e das suas circunstâncias. Ledo engano, como diria o Wittgenstein de Oliveira, o filósofo de Quixeramobim, pois lá dentro só havia encontrado sombras, labirintos, e uma multidão barulhenta e ensandecida de palavras e imagens caindo em cascatas pelo chão.

Palavras ao chão.

Depois de olhá-las espantado, ocupava-se em varrê-las. Separava e catava no chão algumas delas para fazer talvez o que se chama de "escrever". (Não seria mais um jogo, um jogo e uma sobrevivência?) As demais palavras e frases e imagens que sobravam no chão, escondia-as no armário, nos bolsos ou debaixo do tapete. Talvez um dia elas lhe servissem, elas mesmas se rebelassem e se escolhessem para se expressarem.

Era por isso que evitava pisar no tapete: para não machucá-las, para não matá-las de vez.

Eram, coitadas, palavras sobreviventes.

....
....

(Talvez seja chegada a hora do seu acerto de contas não pagas, guardadas, enroladas, do acerto de contos escritos, não escritos, a reescrever, todos na mesma e silenciosa gaveta da falta de memória.)

"Como é quando se morre?" — tentava retomar o fio da meada João do Silêncio, deixando o diário de lado.
"Numa hora incerta, como uma compensação ou equilíbrio" — concluiu.
Ligou a televisão que tanto detestava.
Passava um desenho animado, e a raposa neurótica (hoje até as raposas são neuróticas!) suspira e diz:
— Ó céus! Ó Terra! Ó miséria!
"E como é quando se vive?" — pensou ainda.
Não, João do Silêncio não sabia que depois de certas experiências não basta mudar de vida, temos de mudar de nome, pois já não somos mais o mesmo. Não sabia nem mesmo que essa era no fundo a razão por que ele mesmo passara a se chamar João do Silêncio depois do meio de sua vida. Pois tudo, tudo toma um outro aspecto, um outro sentido, a começar pela morte. Ela parece próxima e mais tranqüila, como se nós nos relacionássemos com ela, talvez não a ponto de considerá-la "a melhor amiga do homem", como a chamou Mozart em uma carta ao pai agonizante. Ela não é mais o bicho-de-sete-cabeças, King Kong, Franskenstein ou Drácula. Apenas suspiramos, como no refrão da raposa:
— Ó céus! Ó Terra! Ó miséria!
Em suma, morrer, sim, mas nunca morrer hoje cedo, quando se pode morrer amanhã de manhã.

....
....

E João do Silêncio, no meio da noite — no meio do caminho de sua vida — dizia a si mesmo em voz alta, pois, como já vimos, não havia mais para quem o dissesse:
"Quando é que eu vou enlouquecer? Quando chegará o dia sempre anunciado?..." — e concluía, resignado:
"O pior é o encontro da loucura com a lucidez."
Em seguida calou-se; observou por um bom tempo a parede à sua frente e o seu próprio silêncio; e pensou: chega de philosophia, pois que tão antiga que com "ph".
Mexeu nos papéis espalhados na mesa. Tentava se ocupar.
Pegou da caneta, abriu o caderno preto do diário e escreveu:

Nós vivemos para enlouquecer, enlouquecer em vida ou na hora da nossa morte, amém. E esta é a história de uma loucura em vida — não de uma só pessoa, de uma pessoa só, ou de um grupo, ou de um país, louco país dessa e outras pessoas, pois aqui nós vivemos para enlouquecer, enlouquecer, enlouquecer — até quando?

João do Silêncio afastou a caneta do caderno, pegou uma dose de morte lenta do maço de cigarro, retomou a caneta e retornou ao diário e foi registrando um ponto atrás do outro, vendo se assim alguma coisa mais lhe fosse revelada:

....
....

Quase uma hora da manhã. Colocou um DVD — *Casablanca*.
Dormiu durante, acordou no meio.
No meio do filme.
Sou Peter Lorre e observo de longe Humphrey Bogart conversando com Ingrid Bergman.

Chego a ouvir um pedaço dos diálogos.
"O que é que você vai fazer amanhã à noite?", pergunta ela.
"Não me programo com tanta antecedência assim," responde ele.
Acabo morrendo de tiro no meio de uma fuga em pleno bar do Rick.
Percebi que não havia vantagem alguma em ser Peter Lorre.
Não faz mal.
Já eram duas da manhã.
Vou dormir de qualquer forma.

....
....

Em sendo páginas de um longuíssimo diário — aqui antecipadas, mas só um pouco —, que, recortadas, servem para completar a (auto) biografia precoce do personagem.

No diário de bordo da sua própria cabeça, ele registrou no dia 14/2/1980:

"Quando um escritor está em crise, o que é que ele faz?
Escreve sobre um escritor que está em crise.
Mas por que não me chamar de ser humano, bem antes de me chamar de escritor? Um ser humano em crise que, entre outras coisas, e quando consegue colocar a cabeça um pouco para fora dela, da crise, escreve. Ah, essa necessidade de definições, sempre, sempre. Estou me definindo, vou me definir até o fim, a vida inteira, logo eu,
O INDEFINÍVEL?
Me defino, definhando — nada definitivo.
Sou inclassificável.
Será que um ser humano pode viver a vida toda brincando de se esconder?
Pisando, tateando o chão por dentro.

Levanta e vai beber água. Talvez dormir, sonhar quem sabe. Volta e vê um rosto familiar na televisão.

Era James Stewart. Presta atenção, ele diz:

"A liberdade é preciosa demais para ficar enterrada nos livros. Os homens sempre dizem: 'Sou livre para pensar, para falar'. Meus antepassados não podiam, eu posso. Meus filhos poderão."

"Ótimo", respondo. "Tua fala é politicamente correta, mas meio ingênua, não acha?"

"Ora, João", fala paciente meu amigo Jimmy, "não me leve tão a sério, nem se leve tão a sério. Não se esqueça que estamos em 1939, décadas antes desta expressão de correta ou incorreta, além do mais, dentro do filme *Smith goes do Washington*, do nosso Frank Capra."

Prefiro não levar a conversa adiante.

Maleducadamente, desligo a tevê no final da frase de Jimmy.

"Boa noite" — ele ainda diz, sem perder a elegância.

Pelo menos boa noite, que seja.

Mas não foi ainda, a hora do sono.

....
....

"Escrevi a noite toda enquanto dormia e quando acordei não havia nada escrito, nem a lembrança das frases inteiras que se atropelavam, deslizavam e desfilaram na tela do meu sonho em preto e branco. Registro só para a (ah!) posteridade: o escritor trabalha dormindo.

Mas não estou preocupado com isso — quero saber onde foi parar meu texto sonhado?"

....
....

O que constitui, particulariza ou estraga João do Silêncio, a dispersão ou a diversão?
    Ele é disperso ou é diverso?
    Iluminado ou obscuro?
    Di-vertido,
    ad-verso,
    ad-icto
    compulsivo
    obsessivo
    bi-polar?

....
....

Não encontrava a linguagem.
    Só a metáfora, não a figura de linguagem, mas do que pressentia, via ou lhe diziam ser a realidade. Adeus às armas. Adeus às ilusões? Mas como viver sem sonhos? Era um louco. Talvez lúcido. E quem sabe a .... Encruzilhada........ Como o resto, ilusão, ilusio ilusiones est, para dizer em latim inventado. Não se olha com os olhos, olha-se com (na falta de outra palavra) a alma, com o que está dentro dos olhos e dos ouvidos. Só vemos e escutamos o que queremos e o que podemos ver e escutar. Ilusão é o real e o real é ilusão. Daí, a droga. Todas elas. Mais o pó — de pirlimpimpim, *por supuesto*. É ilusão — de quê? É (mais) real — que realidade? Cizânia interna, separação das coisas, corpos e mentes? Só a linguagem (mesmo de loucos: o hospício é Deus). Só a linguagem consegue ou tenta unir esse real e essa ilusão, à custa de muitos minutos e horas sofridos. A confusão vira inevitável. A lucidez, departamentada — só havia trechos delas, que mal vislumbramos. Só a outra parte desta "visão" — a "loucura" — nos completa, ou completa os momentos de lucidez.

Não sabia se servia ou serviria para alguma coisa. Se é que assim é, assim seja. Mundo e teatro: encontrar o seu papel — e o teatro realista é o teatro das sombras, o teatro do irreal. Restam as emoções em geral contidas. Elas "saem" por gestos, ações e palavras. Se o mundo não tem sentido é fácil concluir.

A importância da linguagem é que ela não tem importância alguma. A utilidade da vida? Sua inutilidade. Não viver por, com ou em nome de. Mas viver. Só. Tão simples: será possível? A linguagem nos aproxima (dos outros, do real) e nos afasta (dos outros, do real). É uma faca de dois gumes — sendo que um de seus lados não corta, e não sabemos qual. Faca perigosa: significa convívio ou solidão; festa ou refeição; poesia ou silêncio; ascensão ou queda. De qualquer forma, corte, cortes. A utilidade da linguagem é quando ela não tem utilidade. Há várias maneiras de se falar, uma delas é o silêncio. A eloqüência às vezes esconde tantas coisas quanto a boca fechada. O melhor é ser artificial e fazer barulho? O melhor é ser natural e trabalhar em silêncio? O melhor é se expressar — mas expressar o quê? Para quem? Sempre existe o outro, mesmo quando o outro não existe. Distante, é verdade, na aparência. Mas algumas vezes próximos. Apostar tudo nisso — mesmo que se considere um lobo solitário, perdido da sua matilha, o velho lobo do mar, o velho lobo do bar. Era ou é solitário. Não percebia que não era ou não estava. Há uma matilha em algum lugar. "Il faut" viver — que é linguagem e caminhar, que é ação, trajetória. Mesmo que não se saiba para onde.

Conclusão de fim de noite: nós, solitários, não estamos sozinhos. Olhe a sua volta: no mínimo está consigo mesmo. E não duvide: você existe. Tanto que está aí. Ou não está? Ora, pode ser mera distração, abstração, fantasma. Está sim. Basta se apalpar. Apalpe-se. A alma também (é mais difícil), apalpe-a. As emoções. Tirá-las da prisão. Passarinho na gaiola não vale. Solte a alegria. Ela está escondida ou soterrada, mas a história e os homens dizem que ela existe.

Alguma alegria — encontrou-a por aí?

*Fera ferida — e comedida
o mundo é, foi e será
feito sob medida*

*quando chegar a hora de partida
quando chegar a hora de partida
vou-me embora e apago a luz.*

....
....

— Sou um eterno diálogo entre vida e morte. Disfarçado de monólogo interior, uma investigação, uma experiência, travessia do deserto e da noite; pessoa, fantasma e assombração; criatura e criador; autor e personagem — sou o que escreve e o que é escrito. Sou tanta coisa, quase nada, ausências e.
    Sou aquele que diz "sou".
    Em vão.
        "Toca a vida, amigo!"

*Eu toco a vida.
De ouvido.
(Eu toco a vida de olvido!)*

*E a noite à noite
será a tua ausência
nua.*

....
....

"Então você vai ver.

Vai ver.

Vai con\viver, talvez se como/ver.

Vai ver como ver:

vai sentir, vai pressentir, vai escutar o riso e o grito, o som e a fúria, a chuva e o medo. A estranheza do mundo, o estranho da vida, estranho, estrangeiro: como é mesmo o nome? O exílio, o poder e a glória da nossa morte, amém. O exílio e o reino, eu e o mundo, o indivíduo e o coletivo. O individual é o acordar um dia transfigurado em um grande inseto, tão inútil quanto faca-só-lâmina; o grupal é não ser um, é escolher entre a prisão e o silêncio, é a obediência, não a revolta. O que se chama de exílio é um decreto externo de vivência interna. Exílio então passa a ser o por-dentro, chão de dentro; prescinde de geografia e política. Toda minha vida tenho vivido com o sentimento de ter sido afastado de meu verdadeiro lugar. Cioran: "Se a expressão "exílio metafísico" não tivesse nenhum sentido, minha existência, só ela mesma lhe daria um."

Toda indignação será castigada. Não era proibido proibir — mas era. Um grito parado no ar volta sempre como um sufoco para quem o emitiu — grito-bumerangue.

Você vai ver, você vai escutar.

Please, lend me your ears.

É só isso, não tem mais nada não: uma canção do exílio sem palmeiras nem poetas românticos, e num ritmo sussurrante e joão-gilbertino como convém aos anos 60, pois em Aldara e no mundo (numa sintonia difícil de se pôr em dúvida; em sinfonia, pois assim se faz a História, o calendário e a música dos homens) corriam os anos, como que concomitantes e a se atropelar, anos de 1960, 1970, 1980, 1990..."

O grito de João do Silêncio, nascido num longínquo país chamado Aldara, na América do Céu, América do Sol, América do Sal, América do Sul, e ecoando em outras geografias, lá, alhures, onde o vento faz todas as curvas de todas as esquinas de todos os mundos. O nome dele, num auto-batismo que não necessita de registros oficiais nem de explicações, era e é, esse mesmo, o assinalado, que aqui se escreve e se inscreve: João, João do Silêncio.

Em 1966, ele tinha vinte e poucos (muito poucos) anos e mal sabia: mal sabia quem era, o que era, ele e a vida, o que se lhe vinha e viria pela frente: mesmo hoje repetia sempre que pensava nisso as frases iniciais de *Aden Arabie*: "Eu tinha vinte anos. Não permitirei que ninguém diga que é a idade mais feliz da vida." Hoje, trinta e cinco anos depois, se aproximando a virada do milênio, João do Silêncio, um escritor desconhecido até mesmo dos editores com seu nome verdadeiro, publicou dois romances antes de seus trinta anos — *O desastronauta* e *As armas e os barões* — assassinados, quer dizer, assinalados, ou melhor, assinados com o pseudônimo de Flávio Moreira da Costa — e depois, coerente com seu novo nome, silenciou-se.

Sim, silenciou, silenciou-se.

Sim, um novo nome.

Sim, o nome dele é João do Silêncio.

Seu nome é João do Silêncio.

"Meu nome é João do Silêncio."

Pois custa a crer, não custa nada, custe o que custar, vale o quanto pesa,

jo-ão-do-si-lên-cio.

Custe o que custar, trinta e cinco anos depois, haverá de ser aqui, só ele o que se chamava antigamente de página em branco; só ele, o mundo, é, foi, e nascendo haverá de ser João do Silêncio. Com a argila própria de que são feitos os vasos etruscos, os barros nordestinados e os seres humanos, aqui, nesta escrita de haveres e deveres e poderes, escrita de balanço e de balança, escrita da narração ou narração da escrita, ele se despojara da vaidade de todos os auto-enganos neste inverno do seu descontentamento, da sua dessemelhança, e desenhara seus limites e arredores: será, sim, João do Silêncio, corpo exposto em palavras ao sol e à chuva e debaixo do tapete, alma errante de um audaz navegante, com um pouco, um pouco só, da astúcia de Ulisses (o primeiro malandro sem fins lucrativos da história), assim esperamos, podem crer, quem espera sempre descansa.

....
....

E viver é perder terreno.

....
....

Então estamos conversados, explicados e justificados — temos saído em campo, saído por aí atrás das pegadas do dito cidadão, autor e personagem, para "pegar" a vida dele pelo meio, pelo fim, pelo começo; ou melhor, vamos falar agora — depois do seu nascimento, primeira infância e do Pássaro de Ouro, pois era preciso que nascesse e que brincasse e se espantasse um pouco — da segunda vida de João do Silêncio.

É ou será uma autobiografia inventada de todo mundo, não uma autobiografia de uma pessoa, o autor, que as autobiografias não passam de confissões de um ego recalcitrante, e "todomundo" é uma maneira de dizer que cada qual é cada qual e todo mundo é todo mundo.

Não há diferenças: só há diferenças.

Ele morreu sozinho num quarto de hotel — coisa que certamente não aconteceu com você, meu caro leitor — de uma misteriosa overdose de pó-de-pirlimpimpim misturado com excesso de pílulas de Real e de Irreal — e renasceu, também com muita dor, como no primeiro nascimento, entre quatro paredes.

De uma clínica.

Ele mesmo acertara com o médico-diretor: se internaria no dia seguinte, pela manhã.

Alice (Alice II) levou-o de carro, silenciosa e preocupada, como se cumprisse uma missão.

Deixou-o lá, beijou-o, nervosa, e partiu.

Deixou-o lá, sozinho, no meio dos outros internos, sozinhos todos.

Afinal de contas, quando é que eu vou enlouquecer? — ele vinha se perguntando há algum tempo.

Teve a resposta, embora de lenta percepção e de talvez curta duração: quando deu por si, viu a morte de cara e encarou-a sem conforto e com pavor e viu que o fim da loucura prometida era sua própria morte e disse então para si mesmo, não, não quero a loucura, quero a lucidez, não quero a morte quero a...

e se internou numa clínica,

onde lhe deram drogas para se livrar das drogas...

....
....

disjunção lenta dis-jun-ção
    e frag men ta ção
    das palavras fiapos depois total não palavras pulverização fulminante das letras que apareciam desaparecem desapareceram e

era o impossível como se tentasse pensar sem elas não pensar sem palavras
    aflição! aflição!
    Sufoco!
    Não pensar mais com letras que vinham antes de a, b, c e depois depois da x, y, z sinais invisíveis insonoros inexistentes
    E ERA COMO SE ESTIVESSE NAQUELE MOMENTO CAINDO NO ABISMO
    preparava-se para o grande salto — no escuro, escuro.
    não não ele todo só sua cabeça despencando no abismo despencando no nada do miolo do tudo ao caroço do nada nada nada do nada sem fim o corpo deitado e ausente separado da cabeça caindo por dentro caindo por dentro no desfiladeiro interior e anterior do mundo no abismo da alma aquém além das palavras no desalfabeto do nada desalfabeto do não pensar por pura e concreta e abstratíssima falta falta de sinais palavras e de letras letras cada vez mais inexistentes como dizê-lo como dizê-lo o que era aquilo o que era aquilo
    que queda vertiginosa de palavras se liquidificando enlanguescendo em pedaços letras se desfazendo em não-pensamentos em jorros e errâncias mentais vagas e desconhecidas abissais de letras que se apagavam se evaporavam que faltavam como falta o ar o ar o ar como falta falta falta num agora absoluto que era uma agonia absoluta
    a go ni a agoni a go ni a
    a bismo chegando ou eu me aproximando ou
    supremo extremo sufoco
    sem sem sem palavras sem sem sem a palavra ar sem a coisa ar sem sem sem
    na sin-foni-a
    na
    não-fonia
    do alfabeto e consciência insuficientes insu insu

\\';/.,[]--//.;"|{}+=_)(*((*&^&%$#!!!!!#$#########||__\//..,;'[\
]\'[]`###??????????????????????????????!!!!!!!!!!!!!!!!!!!!!!!!!!!!!!!!!!!!
!+++++_____|||||||||||||||||?>><<<<<<<
- - - - - - - - - - - - - - - ; ; ' ; [\ \ ] - - = = - -
====..!!.;""()()_)))((((!~^^^^^^&
&***********............!!!!!!!!!!!!!!!!!!!
;!!#??#%%^^***|||||/.\\/\/\//\^^^^^^^^^^^^^^^^^^^^^^^^^^
^^
^^
^^
^^
^^
^^
^^
^^
^^
^^
^^^)))))
))))))))))))))))))))))))))(((
(((((((((((((((((((((((((((((((().............. ---------------
----
-----------*((************************__|||**_+_)__*(*&^##!!~~~~~
~~~~~~~~~~~~`''
''#{{{{{{{{{{{{{{{{^^
^^^^^^^^^^^^^^^^^^^^^^^^^^^..
....não não

   por favor,

   tentou pensar quase gritando, não se trata de van van vanguarda um surto um surto medicamentoso, disse o médico, e tentou tentou levantar a cabeça que ia sozinha a cabeça-fantasma sem ela a cabeça-corpo

   e finalmente conseguiu e se levantou se apoiando nos móveis e se arrastou do quarto ao corredor alguns quilômetros em poucos metros até o corredor o corredor se arrastando sem correr sem corredor só o corredor

e conseguiu pegar o telefone interno preso na parede e falou com a plantonista e tentou falar com a plantonista e explicou tentou falar explicar pra plantonista tudo aquilo que que o que não entendia e a voz saía pastosa quase sólida em blocos de sons saindo pesados da boca as palavras lá na cabeça demorando até chegar à boca e era como se fosse uma segunda boca uma segunda boca não dele não dele mas de quem o que que

não, não há nenhuma tentativa vã de vanguarda nisso, ainda conseguiu pensar João do Silêncio, pelo contrário, é uma marcha para trás uma viagem ao pré-histórico da mente antes da palavra surgir na cabeça do homem e

SENTIU QUE PARA SEMPRE SE LEMBRARIA

para sempre daquele susto e surto para sempre que era surto e susto que haveria de passar de ter passado,

está passando.

Surto se era surto e que nunca mais se perguntaria afinal de contas quando é que eu vou enlouquecer pois tinha enlouquecido intensamente por dez quinze minutos meia hora e tinha voltado da loucura absoluta que era a falta absoluta de palavras e letras e consciências e tinha voltado lentamente para juntá-las juntar letras

cré com cré lé com lé letra com letra palavra com palavra por palavra até a mínima razão voltar que ela só ela lhe poderia trazer uma certa uma incerta lucidez luz luz luz no meio da noite absurda e muda e absoluta

(Aqui, segundo o relato médico, o paciente João do Silêncio, em pleno surto (psicótico/medicamentoso?), devido à aplicação de remédios para controlar sua síndrome de abstinência, aqui, dizíamos, ele desmaiou.)

....
....

Última visão antes do despertar.

Seqüência de cenas mudando cenário olhos e luzes se acendendo homens barbados e com vestes orientais elevando o braço e dizendo pai!

Dizendo padre!

Dizendo father

dizendo père

dizendo pai pai pai!

E todos eles adultos sem pai pois esta é a ordem natural das coisas o pai morrer antes do filho dizendo pai e assim surgindo o deus substituto natural

e assim nasceu deus

entendeu tudo como numa revelação não mística uma revelação iluminada mesmo assim eis por que o homem que perdeu seu pai natural não suporta esta ausência e criava a partir daí o pai celestial

com a morte do pai concreto e pessoal passava a existir, por absoluta necessidade de existir, o Pai Universal

cada um deles de todos eles em todos os lugares, o pai abstrato e universal era tão simples assim, deus?

....
....

Depois dormiu e quando acordou seu cérebro estava lento e suas palavras só conseguiam sair em pequenos jatos pastosos, parecia que a língua perdera a prática de se articular com o resto da boca, espremida entre os dentes e o céu o céu o céu da boca — caindo no vazio do ar do chão, se esparramando, os olhos ainda assustados ao vê-las escutá-las, as letras e palavras, escorrendo por seu peito e se afogando no chão duro e frio da clínica.

...que não era uma mariposa. Era uma metamorfose. Uma crisálida estava se transformando. Era uma coisa ainda não definida. Metade evoluía para umas formas semelhantes às de uma borboleta e a outra metade vivia o destino dilacerado duma larva. Dilacerado, mesmo. Porque a parte larva-crisálida estava explodindo como tanques de gasolina e uma cor amarelada, vulcânica, saía desta explosão. A parte ainda larva colava-se ao chão, era uma penitência, um castigo enquanto a outra parte já era borboleta, tinha o medo da borboleta, embora ainda fosse descolorida e suas semi-asas (as asas não tinham se transformado de todo; metade vivia no fogo, aquela gosma amarelada, vulcânica), então as suas semi-asas já se cobriam de escamas mais escurecidas que sustentariam mais tarde o azul mais azul, o amarelo mais amarelo, do vôo das borboletas mais borboletas. Ela se arrastava sozinha com esforço e temor, sua parte de larva que devia doer e fazê-la sofrer, porque afinal ser uma borboleta é uma explosão. A crisálida explode. E voa. Eu a vi no momento exato da transformação. A borboleta estava muito confusa, não sabia que ia ficar bonita, não sabia de nada da vida. Andava por todos os lados e não encontrava um único caminho que fosse o dela. Estava dividida e triste. Eu não sei se ela vai se transformar mesmo em borboleta ou vai morrer assim, de puro sufoco, sem saber o que é. Quem é...

Chegara lá com a alma em cacos e estava saindo com a alma cheia de esparadrapos, TINHA A ALMA DE FRANKENSTEIN, alma-frankenstein, remendada, feita de retalhos químicos, desconstruída em pedaços colados, e era como se caminhasse mais do que com os pés, com os olhos, pisando os olhos cuidadosamente no chão à sua frente, antes dos pés; eram olhos de ver por dentro mas que faziam um esforço incomensurável para mudar o foco, o foco fora de foco, para o lado de fora, enfim, foco.

Era um homem que caminhava como se fosse encontrar o desastre, ou a tragédia dali a alguns passos.

Mesmo a sol aberto, andava, tateava no escuro.

E assim tateando, dia após dia, noite atravessando noite, recuperou-se, ressuscitou, reviveu.

Registros médicos dizem que João do Silêncio levou quase 48 horas para se recuperar do surto (provocado?), para seu reencontro com as letras e palavras — para poder juntá-las, dizê-las e observá-las no ar, indo elas ao encontro dos outros, ao encontro dele mesmo.

João do Silêncio começou a falar normalmente a partir do terceiro dia.

Ressuscitou, recuperou-se, reviveu.

....
....

A passagem de João do Silêncio pela clínica de recuperação não deixou maiores registros na história, embora tenha ele mesmo nos legado um relato de sua possível fuga posterior aos fatos acima narrados, entre seus inéditos, num documento aparentemente ficcional, ou um conto como ele o considerava, de inegável valor para nossa, dele, autobiografia, isto é, para lançar algumas luzes em tantas sombras, tanto claro-e-escuro de uma vida que experimentou a cegueira, chegou às trevas e que depois, se não chegou a ver a luz, vivenciou pequenas iluminações, lâmpadas de Aladim, quem sabe.

Mais tarde ele se perguntaria: se eu não tivesse escrito tanto quanto escrevi, será que teria sobrevivido?

Teria renascido?

Matéria para interpretação, nossa ou dele:

> *"No final do meu sofrimento*
> *havia uma porta.*
> *Ouça-me bem: disto que você chama*
> *morte*
> *eu me lembro."**

....
....

E assim seguiu-se que — pois na corrida do tempo era preciso acertar o passo — João do Silêncio começou a escrever seu próprio livro, a autobiografia de todomundo, só dele e de mais ninguém, ninguém, todomundotodomundo.

Começar, começou.

E depois?

(A própria substância de uma obra é impossível, ou melhor, é o impossível — aquilo que não esperávamos, aquilo que não nos é dado: é a soma de todas as coisas que nos foram recusadas — meu filósofo romeno concordaria com isso, concluiu o personagem.)

Os homens nada conseguem criar sem o faz-de-conta de um início.

---

* At the end of my suffering/ there was a door./ Hear me out: that which you call/ death/I remember" (Louise Glück, *The wild iris*.)

Era uma vez, duas, três. Todas as histórias começam assim, mesmo quando não começam assim.

Não só as histórias, a Ciência, por exemplo, esta rígida senhora medidora de todas as coisas, é obrigada a começar com uma unidade de faz-de-conta, e precisa fixar um ponto na incessante viagem das estrelas quando seu relógio sideral finge que o tempo é Zero, e o limite é o Infinito. A Poesia, sua avó menos precisa e por isso mesmo menos lembrada, aliás, graças a Deus, tem sempre sido acusada de começar no meio, mas, ao refletir, vê-se que seu procedimento não é muito diferente do de sua neta, pois também a Ciência faz cálculos tanto para trás quanto para a frente, divide sua unidade em bilhões ou em micro-medidas e, com seu ponteiro apontado para o Zero, dá a partida, na verdade, *in media res.*

No meio das coisas.

Nenhum retrospecto, nenhuma viagem ao passado, nos levará ao verdadeiro princípio; e, esteja nosso prólogo no céu ou na terra, nada é senão uma fração do todo-presunçoso fato a partir do qual se desenrola nossa estória dentro da história.

Se desenrola?

Enrola-se, se desenrolando — no meio das coisas.

Rola estória, rola vida, roda mundo.

Enquanto isso, a epígrafe — fora de lugar, é verdade:

"É um privilégio viver em conflito com o seu tempo. A cada momento somos conscientes de que não pensamos como os outros. Esse estado de dessemelhança aguda, tão indigente, tão estéril, que ele parece, ou pelo menos possui um status filosófico, que procuraremos em vão nas cogitações acordadas aos acontecimentos." (Cioran, De l'inconvenient d'être né)

....
....

Que o capítulo da clínica não havia se encerrado João do Silêncio percebeu um ano depois, talvez dois, quando, fora de seu país, Aldara, que
uma certeza se faz de uma fileira de dúvidas.
Foi aí então, *de repente e sem pensar e sem ter planejado, que começou a escrever um livro que se chamaria Alma-de-gato*:

Era uma vez, era — mas era mesmo? pois que a hera e a bruma do tempo não me deixam ver direito o que eu vivi a vida toda, com seus subúrbios de sensibilidades e de emoções, minhas e alheias, escondido nos arredores de mim mesmo.

Perdido e resgatado, hoje quando preciso voltar a mim e
tecer um relato,
resolver um problema,
bater um papo,
não me encontro:
eu me escapo.

Era, não era, não sei:
que confiança pode despertar um narrador ou personagem que começa dizendo "não sei"?
Sim, começo com dúvida.
Não, começo com dívida.
Se aquele poeta inglês, dito o Bardo, conseguiu colocar a biografia de todo mundo dentro de um solilóquio/monólogo do príncipe da Dinamarca, por que eu, que não sou príncipe de lugar algum, nem de Aldara, meu reino, por que não poderei eu, João do Silêncio, o último e ignoto cultor do verbo primal e que, só, sozinho, não passo de um código, um código mínimo, um código cósmico, o código do silêncio, por que não poderei eu esboçá-lo ou espalhá-lo em dezenas, centenas, milhares de páginas?

Que, ora, são, serão as que seguem apenas considerações de um
Cavaleiro de Triste Figura,
Poeta da Inconstância Burguesa,
Invisível Escritor do Nada,
Palhaço das Perdidas Ilusões e

DEPOIS DO LIVRO

Entre os muitos trechos dos textos esparsos, incluindo seu longo diário, de João do Silêncio que ficam de fora do romance-restauração que é Alma-de-gato, *escolhemos os registros que seguem, para que o leitor exerça seu direito de remontar o livro, à sua maneira.*

A
TEXTO DE MONTAGEM

13/11/88

Acordei.
    Praia.
    Fui à praia.
    Não é digno de registro pra quem tem atravessado as madrugadas como um vampiro solitário?
    Sol, só assim entra um pouco de sol pelas frestas deste diário noturno.
    Fiz um montinho na areia com a bermuda e a camisa, sandálias, marcando meu território, cravando assim minha bandeira vitoriosa, explicitando meu espaço, minha presença — e fiquei em pé, adaptando meus olhos à nova — e tão distinta tem sido pra mim, recluso — e momentânea realidade. Sim, havia sol. Raios e raios de sol. E mar. Ondas e ondas de mar. Em série, em cadência, sempre regulares, nunca faltando, molhando e marcando seus limites na areia. Ondas e mais ondas, gente e mais gente, crianças, mães e velhos, mulatos, negros, brancos, biquínis, uma multidão de seios e bundas de todas as formas, belezas, tamanhos, seios-pêra, seios-melão, seios-mãos-ao-alto, seios-de-cabra; bundas oblongas, bundas redondas, bundas caídas, bundas levantadas, bundas empinadas, feias e bonitas, bundas perfeitas e bundas desfeitas, num festival de linhas e curvas, formas, fôrmas, estrias, manchas — as bundas falam por si. Num domingo exposto ao sol, corpos expostos ao domingo, à claridade e aos olhos de quem os tiver — que inaugura e configura o verão. Cheio

de malemolência, trejeitos, preguiças, olhares, caminhares, deitares, espreguiçares, sentires, prazeres, sensualidades, tranqüilidades e o que mais seja — que não é pouco. Limonada, chope, água de coco, refrigerante. Sol, sol no corpo e na moleira — a marca dos trópicos. E o mar todo ali à mão, para compensar e tudo lavar. Um mergulho "enxuga" ou traga o suor e massageia as energias. Como uma sauna psico-emocional. Afasta-se assim os problemas, cansaços, preocupações. O mar faz bem. Já o sol, apenas inevitável, a não ser à sombra, presente em todos os lugares, invadindo a sala e o quarto de sua casa. O sol é exagerado — e queima e cansa. Mas é parte do jogo do verão: sem ele não haveria frescor, água, bons mergulhos nem... ventilador e ar condicionado. É pouco? Há mais. Sem este astro ardente, não haveria este caminhar feminino a prometer e desenhar insinuações, mistérios, o desconhecido que todos conhecemos; não haveria esses olhares inesperados de buliçosos calores também internos, a emitir as vezes com timidez e pudor mensagens silenciosas de peles e prazeres. Verão é promessa, inquietação e... desconforto. Camisa aberta no peito, seios soltos atrás das blusas mínimas.

Mas, sim, onde estava eu? Na praia.

Não, não pensei na hora em nada disso. Entrei no mar duas vezes. Não fui longe. As ondas também estavam irrequietas ao se aproximarem da areia. Mergulhei, furei várias delas, antes que elas me derrubassem. Mas uma me pegou de jeito, fiz força para manter a cabeça pra cima, mesmo quando submerso. Consegui. O que não consegui foi evitar que um milhão de grãos de areia se alojassem, com convicção e determinação, nos meus cabelos e por dentro do calção, o peso do mar por entre as pernas.

Peguei minhas coisas e fui saindo. Antes do calçadão — ah, esse esforço de sair de dentro de mim mesmo! — parei para ver uma mistura de vôlei e futebol, jogado com os pés e a cabeça. Sol a pino. Amasso a areia sob meus pés, a caminho das pedras e do asfalto. Abandono, por iniciativa própria, a natureza invadida e volto (a mesma a estranha opção) à civilizada sifilização. Nada mais natural do que o artificial. É bom e saudável o que a natureza cria, mas vive-o dentro do que o homem inventou, a partir e contra ela, natureza. Está certo, bebemos água, mas água contaminada, e respiramos oxigênio, mas oxigênio com partículas de toda ordem. Tudo se mistura, tudo se transforma, como falou aquele cientista inglês antes de dar vida a Frankenstein, assim como os homens de ciência antes de jogar bombas em Hiroshima. Não há de ser nada. Limpo a areia dos pés e pernas e calço as sandálias. Ah, quanto tempo para atravessar a avenida e chegar ao outro lado.

Leio o cardápio do restaurante.

Sento no lado de fora. Dois garçons discutem quem deveria me atender. Passo os olhos no jornal que havia levado comigo. Peço Badejo à delícia. O jornal fala em eleições. Já decidi, vou votar em — mas sou natural de Aldara e estrangeiro não vota!

14.11.88

Fiz uma fogueira no cinzeiro. Rasguei em partes o maço de cigarros vazio e fui alimentando e contemplando o fogo. Mantive a chama sob controle. Só uma vez aconteceu de um cinzeiro de vidro explodir em pedaços. Um deles no meu colo, e o fogo nos jornais em cima do tapete. Como o cinzeiro, também dei um pulo. Controlei logo a situação, não foi preciso chamar os bombeiros. Apenas um piromaníaco amador (Mas nunca fui antes!) que se diverte vendo o fogo se desenhar no ar. Quem brinca com fogo — não, não vou fazer xixi na cama. O risco é o de se queimar, e queimar o que me cerca, a sala cheia de livros e papéis. Que estranho recado com isso anda meu inconsciente me mandando. Talvez depois disso o piromaníaco parta para botar fogo no país inteiro. No bom sentido, se me faço entender. Acho que não, que não me fiz entender, pois nem eu entendi. Mas tenho fósforos e isqueiros, papéis e indignações. Faria uma gigantesca e seletiva fogueira, com chamas que atingiriam as florestas e engoliria as metrópoles. Com tudo dentro, ladrões, corruptos, demagogos, populistas, políticos, advogados, economistas, de todas as classes, que o fogo desconhece Marx. Todos tostadinhos, duros no chão. Tudo pelo social. Afinal, sou um piromaníaco politizado — e se precisar de ajuda chamo o pirotécnico Zacarias.

Mas vamos jogar um pouco de água fria nesta história.

Miller diz que descobrimos em algum ponto do caminho que o que temos para contar não é tão importante assim quanto o ato de contar em si.

Mas por que estou contando isso tudo?

Pelo ato em si de contar?

E se não contar nada, o que irá perder o mundo? Nada, o mundo, mas eu perco o que (não) tenho pra contar. Se nada conto nada perde o mundo e eu. E quem perde, ganha. Ora, sou um perdedor; serei portanto um vencedor. Senna não conseguiria seguir este raciocínio, de resto algo obscuro. Para ele, tudo muito simples: ou perde ou ganha — a Fórmula I. Ou como eles dizem: vencer ou vencer. É um campeão. Mas não será possível que, de tanto perder, alguém acabe ganhando? Só não sei o quê.

B
PERSONAGENS E AUTORES EM CENA

Narrador
  João do Silêncio (com direito a solo)
  Alice I
  Franskafka dos Santos (figurante)
  Franskafka dos Santos (narrador-assistente)
  Milena (Medéia)
  João (Jasão)
  Manduka González
  Alice II
  Milena
  D. Quixote
  Lewis Carroll
  Charles Schulz
  Peanuts
  Frank Capra
  Gustave Flaubert
  Boris Borges
  Mário Livramento
  Henri Michaux
  além dos muitos outros autores citados (segundo Franskafka dos Santos, para dar a falsa impressão de cultura e erudição ; segundo o Narrador, como parte integrante da falsa ficção), conforme registro no próprio texto.

C
OBRAS & PSEUDÔNIMOS

Levantamento das obras incompletas de João do Silêncio (e seus bizarros pseudônimos ou heterônimos), pesquisadas e anotadas pelo escritório da ABRALP (Agência de Busca e Recuperação de Autores e Livros Perdidos), de Jean-Luc Carpeaux-Maigret :

(Com o nome de João do Silêncio:)

História geral dos dias e das noites
História da filosofia acidental
As mil e uma noites de dois mil e dois dias
O país dos ponteiros desencontrados
Livramento
Alma-de-gato

(Com pseudônimos/heterônimos, usados, anotados ou imaginados:)

Brás Cubas, Bexiga e Barrafunda, Antônio de Alcântara Machado de Assis
Vermelho e negro, Guerra e paz, Leon de Stendhal
História de um deserto, Nelson Cavaquinho
A Lua vem da Ásia e O Sol também se levanta, Ernest Campos de Carvalho
O idiota da família: uma autobiografia, Gustave Sartre de Beauvoir
Água viva, letra morta, Larice Clispector
Confissões de um vulcão: o chão em chamas, Juan Fuentes

Bíblia, Deus Dedith dos Santos
Alpha, Beta e o caroço do nada, Jorge Luís Borges de Medeiros
O homem que via o trem passar, passar — passou!, Jorge Simenão
Burundum, Mário Livramento
Nascido e mal pago, Franzkafka dos Santos
Os narizes, Boris Borges
O náufrago da Internet, Francisco d'Avenida
Mermórias ântumas e póstumas de Braz Che di Ack, Braz Che di Ack

D
QUESTIONÁRIO PROUST

O principal traço de sua personalidade.
    Traço-de-união ou hífen.

A qualidade mais desejável num homem.
    Ter a qualidade mais desejável.

A qualidade que eu desejo numa mulher.
    Ser mulher.

O que eu mais aprecio nos meus amigos.
    Eles-mesmos.

Meu principal defeito.
    Não saber qual meu principal defeito.

Minha ocupação preferida.
    Nada; ler, imaginar.

Meu sonho de felicidade.
    Ter um sonho de felicidade.

Qual seria minha maior infelicidade?
    A infelicidade.

O que eu gostaria de ser.
    Um ser humano comum e um escritor incomum. Ou vice-versa.

O país onde gostaria de viver.
Seis meses em Aldara, seis meses na França.

Cor preferida.
O arco-íris.

Flor preferida.
A última flor do Lácio.

Pássaro preferido.
Beija-flor e seu oposto, a alma-de-gato

Autores em prosa favoritos.
António de Alcântara Machado de Assis e Simone de Beaudelaire

Meus poetas favoritos.
Camões e Nelson Cavaquinho.

Meus heróis na ficção.
Ulisses, Hamlet, D. Quixote, Brás Cubas.

Minhas heroínas favoritas na ficção.
A condessa de La Charteuse de Parme e Felicité, de *Três Contos*.

Meus compositores favoritos
Mozart, Bethoveen e Nelson Cavaquinho

Meus pintores favoritos.
Van Gogh e Lucíola Freitas Costa Pereira Alves

Meus heróis na vida real.
(Ainda estou pensando.)

Minhas heroínas na história?
Helena Garibaldi e Anita de Tróia. (*Heroína* — s.f. — Personagens dos romances de antigamente que, na veia, causam dependência.)

Meus nomes favoritos.
Maria, Aldara, João.

O que mais detesto acima de tudo.
Detesto ter de detestar. A desonestidade intelectual, em particular.

Personagens históricos que mais desprezo.
Os tiranos e os demagogos.

O fato militar que mais admiro.
A Retirada de Laguna — por ser retirada. E meu Certificado Militar, de Terceira Categoria.

A reforma que mais gosto.
A reforma da casa e do ser humano.

Como eu gostaria de morrer.
Como os menschs: "Os menschs saem de dentro do corpo e voltam a ele para se alimentar. A primeira coisa que comem é o estômago, quando novamente dentro do corpo. Depois, saem — e sete dias leva o estômago para crescer de novo. Quando um mensch volta a seu corpo uma vez mais, come o cérebro. Depois, abandona o corpo e desaparece. Sete dias leva o cérebro para crescer de novo. E o estranho ser volta e come as entranhas, cada vez que volta come uma parte: o fígado, os rins, os intestinos etc., e em cada sete dias o fígado, os rins, os intestinos etc., nascem de novo. O tipo de alimentação dos menschs é conhecido como autociclagem. No entanto, o que a ciência ainda não conseguiu descobrir é para onde vai o mensch cada vez que abandona seu corpo."

O presente estado do meu espírito.
Estado de alerta.

Faltas que mais me inspiram indulgência.
Aquelas cometidas por mim.

Meu mote.
Sem mote, a mulher e seu decote.

E
REGISTRO

As partes intercaladas em itálico no "Livro I/ Kiriri" pertencem ao texto "O anãozinho de cabelos cor de fogo e uma mulher muito branca", baseado vagamente em duas lendas peruanas, e incluído na antologia *Espelho mágico*, organizada por Julieta Godoy Lacerda (Editora Guanabara, 1985), em *O almanaque do dr. Ross* (Cia. Editora Nacional,1985) e, finalmente, em *Grandes contos populares do mundo* (Ediouro, 2005). A lenda indígena de "Uma histórisa de onça e veado" tem versões bem diversas de Silvio Romero e Gastão Cruls. "O pássaro de ouro", transcriação do mito de Jasão, tem origem (remota, acredito) numa versão de Nathaniel Hawthorne. Wilson Coutinho deu o mote para texto intercalado de "Borboleta em chamas", e Luiz Roberto Mello para "Livro VII/Intermezzo/ O último caos do mundo". "Mensch" pertence a *Malvadeza Durão e outros contos* (Agir, 2006).

Rio de Janeiro, Aldara, Marnay-sur-Seine
1986/2008

OBRAS DE
FLÁVIO MOREIRA DA COSTA

ROMANCE
As armas e os barões. Rio de Janeiro: Imago, 1975. 2. ed. Rio de Janeiro: Agir, 2008.
O equilibrista do arame farpado. Rio de Janeiro: Record, 1997.
   2. ed. Rio de Janeiro: Agir, 2007.
O desastronauta. Rio de Janeiro: Expressão e Cultura, 1971.
   2. ed. Rio de Janeiro: Agir, 2006.
O país dos ponteiros desencontrados. Rio de Janeiro: Agir, 2004.
Às margens plácidas. São Paulo: Ática, 1978.
A perseguição. Rio de Janeiro: Francisco Alves, 1973.

POLICIAL
Três casos policiais de Mario Livramento. Rio de Janeiro: Ediouro, 2003.
Modelo para morrer. Rio de Janeiro: Record, 1999.
Avenida Atlântica. Rio de Janeiro: Rio Fundo, 1992.
Os mortos estão vivos. Rio de Janeiro: Record, 1984.

LIVROS DE ARTE
Rio de Janeiro: marcos de uma evolução. Org. Paulo Cohen, Fotos de Milan e Carlos
Secchin e Texto de Flávio Moreira da Costa. Rio de Janeiro: Booklink, 2002.

INFANTO-JUVENIL
O almanaque do Dr. Ross. São Paulo: Nacional, 1985.

HUMOR
Nonadas: o livro das bobagens. Rio de Janeiro: Francisco Alves, 2000.

ENTREVISTAS
Vida de artista. Porto Alegre: Sulina, 1985.

ENSAIO
Crime, espionagem e poder. Rio de Janeiro: Record, 1987
Cinema moderno cinema novo. Rio de Janeiro: José Álvaro, 1966.
Franz Kafka: o profeta do espanto. São Paulo: Brasiliense, 1983.

CRÍTICA LITERÁRIA
Os subúrbios da criação. São Paulo: Polis, 1979.

CONTOS
Malvadeza Durão e outros contos. Rio de Janeiro: Agir, 2005.
Nem todo canário é belga. Rio de Janeiro: Record, 1998.
Malvadeza Durão. Rio de Janeiro: Record, 1982.
Os espectadores. São Paulo: Símbolo, 1976.

POESIA
Livramento – A poesia escondida de João do Silêncio. Rio de Janeiro: Agir, 2006.

BIOGRAFIA
Nelson Cavaquinho. Rio de Janeiro: Relume-Dumará/RioArte, 2000.

ANTOLOGIAS
Os melhores contos da América Latina. Rio de Janeiro: Agir, 2008.
Os melhores contos de aventura. Rio de Janeiro: Agir, 2008.
Os melhores contos que a história escreveu. Rio de Janeiro: Nova Fronteira, 2007.
Os melhores contos de cães e gatos. Rio de Janeiro: Ediouro, 2007.
Os melhores contos de loucura. Rio de Janeiro: Ediouro, 2007.
Os melhores contos bíblicos. Rio de Janeiro: Ediouro, 2006.
22 contistas em campo. Rio de Janeiro: Ediouro, 2006.

Os melhores contos fantásticos. Rio de Janeiro: Nova Fronteira, 2006.
Aquarelas do Brasil: contos da nossa música popular. Rio de Janeiro, Agir: 2006.
Grandes contos populares do mundo todo. Rio de Janeiro: Ediouro, 2005.
Os melhores contos de medo, horror e morte. Rio de Janeiro: Nova Fronteira, 2005.
Crime feito em casa: contos policiais brasileiros. Rio de Janeiro: Record, 2005.
13 dos melhores contos da mitologia da literatura universal. Rio de Janeiro: Ediouro, 2004.
As cem melhores histórias eróticas da literatura universal. Rio de Janeiro: Ediouro, 2003.
13 dos melhores contos de vampiros. Rio de Janeiro: Ediouro, 2003.
Os cem melhores contos de crime e mistério da literatura universal. Rio de Janeiro: Ediouro, 2002.
Os cem melhores contos de humor da literatura universal. Rio de Janeiro: Ediouro, 2001.
Onze em campo e um banco de primeira. Rio de Janeiro: Relume-Dumará, 1998.
Viver de rir II: um livro cheio de graça. Rio de Janeiro: Record, 1997.
Crime à brasileira. Rio de Janeiro: Francisco Alves, 1995.
O mais belo país é o teu sonho. Rio de Janeiro: Record, 1995.
Viver de rir: obras-primas do conto de humor. Rio de Janeiro: Record, 1994.
A nova Califórnia e outros contos de Lima Barreto. Rio de Janeiro: Revan, 1993.
Plebiscito e outros contos de humor de Arthur de Azevedo. Rio de Janeiro: Revan, 1993.
Onze em campo. Rio de Janeiro: Francisco Alves, 1986.
Antologia do conto gaúcho. Porto Alegre: Simões, 1970.

Este livro foi composto em Minion e
impresso pela Gráfica Ediouro sobre
papel Pólen Soft 80g/m² para a Agir
em novembro de 2008.